山海經裡的故事⑤

東海先生的萬里行蹤

文：鄒敦怜
圖：羅方君

作者序

前一本《山海經裡的故事：東海先生的不繫之舟》的結尾，小難面臨兩難的抉擇——不繫之舟行經的地方離故鄉越來越遠，原本答應要「順道」帶他回鄉的東海先生有些過意不去，所以遇到另一艘大人國的船隊「幡然號」，就想把小難託付給對方。小難該跟著東海先生繼續航行？還是跟著新船隊回到自己的故鄉？不知道讀者讀完之後，曾做過怎樣的預測？

這本書是「東海先生」系列的第二部，種種謎團將會一一解開，讀者也能一步一步的知道東海先生的傳奇。

假如我是讀者，一定很好奇東海先生靠什麼維生？就算他能以演奏換取各種形式的報酬，用不到的東西就賣掉，但假如不夠呢？大人國船隊承攬各地的工事，是移動的工程隊，目的是為了得到該有的酬勞。東海先生只是他們的朋友，也算是船隊的「客戶」，怎麼能占別人的便宜？隨著船隊出行，長年在船上居住，一定得有額外的收入，才能穩定的支付船費。他能怎麼做呢？

山海經原文中，只有條列式的記載著各地的山川萬物，一處一處彼此互不相聞。既然塑造了一艘神話世界最初始的經貿船──「不繫之舟」，那麼就該讓這艘船發揮作用。在故事中，東海先生造訪不同的地方，留意各地有哪些特色，也留意當地缺少什麼。這份用心讓他在搜羅物品時，帶著經世致用的哲理，而不是空泛的夸夸之談。

從東海先生的口中可以知道他到底賣哪些東西：漆吳山的博石，可以做成棋子；女床山的石墨，可以做成上好的墨條；中山系有幾座山，出產堅硬又細緻的砥石，做成磨刀石可以磨最好的劍；高氏山的箴石，可以做成繡花針……博石、石墨、砥石、箴石這些東西，遇到鍾愛棋弈、書畫、劍術或縫紉的人，通通都成了寶物。一艘不繫之舟，讓物盡其用、貨暢其流。

至於東海先生為什麼不能安定，要不斷的旅行，他到底想去哪裡？故事中用山海經的一段文字，為讀者拉出一個想像中的極樂之地：「有沃之國，沃民是處，沃之野，鳳鳥之卵是食，甘露是飲。凡其所欲，其味盡存。」這片叫做「沃野」的國度，各種珍奇寶藏遍布，居民如同神仙一樣，吃鳳凰卵、飲甘露水，過得豐足又和諧，那裡是東海先生最想去的地方。只是這樣的祕境不對外人開放，東海先生又是怎麼知道的呢？

寫到這一段時，我也苦思良久。還好我發現了山海經裡三棵著名的神木——扶桑、若木、建木，這幾棵樹都跟太陽有關，傳說中太陽東出扶桑，日中建木，西歸若木。其中扶桑、若木在《南山先生的逍遙遊》裡出現過，一群來自有鳳村的居民，被夢魘所苦，取了若木的苗，種出類似石榴一樣的紅果。石榴花神是鍾馗，村民想用鍾馗來驅逐夜夜的惡夢。「建木」則是一棵通天的巨木，山海經裡是這麼寫的：「太昊爰過，黃帝所為。」這棵樹高大到直通天庭，太昊就循著樹登上了天。建木連接了天，沃野是神仙的居所，這兩個情節讓我找到東海先生探訪祕境的方法，我想像那是古代的「任意門」，所有不能相通的空間都能連接得上。

小難到底有沒有回到家鄉？東海先生的旅程又將如何繼續開展？別急，最後的答案等你翻開書頁找一找。在這本書中，不繫之舟將以另一種方式航行，東海先生將如同說書人，為讀者詮釋山海經裡的神話世界。

目次

一 桐樹林間的小屋

半山上的糧倉，是一間在桐樹林裡的小屋，一個多月前被騰出一側的廂房，現在是東海先生暫居之處。季節交替之時，天氣忽冷忽熱，伊水發源地虢(ㄍㄨㄛˊ)山，初秋仍有夏天的酷熱。在林道上走著，耳邊響著風聲、流水聲、蟲鳴鳥叫……這是熟悉的聲音。我已經回家一個多月了，東海先生也一直住在小屋裡。他會停留到什麼時候？沒有人知道答案。

每隔兩三天，我會到小屋送點東西，東海先生常常不知去向，我只能看著那張在房間裡掛起來的琴袋，盯著上面的光點，回想他說過的地方，想像那裡的人是什麼模樣。假如他在屋子裡，那面風帆會讓不多話的東海先生變得健談，我也常常因此能認識更多以前不知道的世界。

這天，家裡種的甜瓜收成，娘叫我把這批剛摘下來的瓜送往小屋。小屋是很久以前師父的祖屋，那裡就是爺爺「義田」的糧倉。從我懂事開始，每當秋收過後，家裡常有叔叔伯伯來拜訪，他們全都是笑咪咪的挑來一簍一簍的糧食，爺爺簡單點數之後，會要他們自己把東西放入糧倉。

糧倉是簡單的木製房子，樣式如同一般的住屋。我們這裡的田地高低不平，少有平整的地方，所以家鄉典型的村屋大多會直接架高底部，這樣不管是在斜坡上還是有高低落差的坡坎，都可以直接蓋上房子。房子架高有很多好處，不僅能防潮，有人還在屋子底下順便養雞呢！師父的祖屋原本有正廳和東西兩側廂房，但我還小的時候，有年一道雷打過來，把正廳燒個精光，說也奇怪，大火燒到兩側時就自動熄滅，彷彿知道那裡存放的是村民放進來的糧食，萬一燒光了那多浪費。

很久以前，這裡前有河川經過，後有小山屏障，從住家

往外走，就可以照顧周圍的田地，是個適宜居住的地點。但後來山崩堵住了河道，導致河川往另一個方向流去，水道改變之後，那塊地變得十分乾燥，就漸漸的荒廢了。那還能不能住人呢？倒也不是不宜居住，只是若要在那裡久居，最大的問題就是飲水不便，挑水得走好長一段山路，拉竹管引水過去更是大工程。原本潮濕的河邊山居，成為沒有流水經過的旱地，這樣的改變正好讓這裡成為設置義田糧倉最好的地點。

家鄉的義田是爺爺在管理，我知道家裡有很多田，但並不是每塊田都是爹、娘在耕種，爺爺把那些田地租給村裡真正窮得無立錐之地的人家。租田的人不用急著付什麼租金，而是在每年收成之後，繳出收穫的十分之一。那些各式各樣的莊稼，讓糧倉總是盈滿豐收。我曾問過爺爺，既然來租田的人都是比我們更窮的人，為什麼不把這些田地直接送給他們就好？爺爺捻著鬍鬚，笑著跟我說：「這不是我們的田啊，我只是負責保管。」

不是我們的田，為什麼那些人要把東西挑過來給爺爺放在糧倉裡呢？為什麼那些人繳出了田租，還會那麼感激的跟爺爺說謝謝呢？小時候我不懂，現在我全都知道了。當年師父離開家鄉時，把所有的田地、屋宇通通託給爺爺處理。爺爺沒有把這些變賣或者據為己有，而是把田地稍作整理之後，讓需要的人耕種，並且要他們繳出田租。滿滿的糧倉爺爺也沒有把這當成自己的私產，而是保留應急的存糧，其餘的每年固定開倉均分或者販賣，一丁點都不願貪求。

「小雞，還記得幾年前的饑荒吧？那時糧倉的存糧都吃空了，大家都只剩半條命了，沒有存糧的日子是很可怕的。」

我似懂非懂的點點頭，我記得很久之前的大旱，之後連著莫名的瘟疫，那年家鄉有很多人死去。

爺爺認為租田的人只是一時沒了生計，並不會永遠落魄，所以不需要接濟什麼，救急不救窮才是真道理。這些人繳了田租，積少成多，大家都可以過著安穩的日子。這田地既然不是我們自家的，就不能當成自己的處理，總要受人之託忠人之事啊！

東海先生遠來是客，家裡並不是沒有空房間，卻讓他一個人住在這不太方便，又有點遠的地方，爹娘覺得十分過意不去。不過東海先生自己說，他早聽說南山先生的舊居，被巨大的桐樹、梠樹圍繞著，他就喜歡那樣的環境。入住之後，他真的從來不麻煩別人，從來沒跟我們說他缺了什麼。

我挑著裝滿甜瓜的竹簍走在樹林間的小徑上，兩肩的竹

簍都很重，但我已經可以輕鬆的挑著。三年多沒回家，我的個子長高、身體變壯，南方的招搖山比故鄉溫暖，氣候也熱得多，所以我也曬得黝黑。許多以前看著我長大的叔叔伯伯，都嚷著快認不出我來了。回到故鄉這一個多月，我跟著爹、娘一起工作，就像個真正的莊稼人一樣日出而作、日落而息。每隔幾天，我就會去山上一趟，除了送點東西給東海先生，我也想看看那張掛著的風帆。

當我快到小屋時，有兩個小孩從另一個方向的岔路拐進這條路上，他們看起來頂多七八歲，合力扛著一段從樹上掉下來的枯枝。樹枝大概跟扁擔一樣長，比門板還厚。兩個小孩不時換著肩膀扛著，這木頭對他們來說似乎有點沉重。

看著前面的小孩，讓我想到自己小時候的模樣，看起來他們也要往山上走，難道要去的地方跟我一樣嗎？跟在他們的後面，我特意把腳步放輕放緩，想聽聽他們說些什麼。

兩個小孩邊走邊大聲的說著話，一個說：「你看這氣味多好聞，嘖嘖……」語音剛落，兩個孩子不約而同的仰起頭聳著鼻子，看起來非常可愛。

「這段木頭東海先生一定喜歡！」

「說不定我們找的這段，就是鳳凰喜歡棲息的那棵……」

他們的話語中，有著滿滿掩不住的得意，我忍不住笑了出來。這一笑，引得兩個孩子回頭。

回家鄉之後，叔叔伯伯說我變得太多，都快不認得了，不過村子裡的小孩子卻把我當成傳奇人物，幾乎人人都知道我，他們老是拿著一株草、一塊石頭，想考考我這能不能當藥材，或者裝做生病的模樣，故意問我該怎麼辦？我學藝不精，還沒融會師父的精髓，怎麼可能全都知道？他們的熱情讓人招架不住，所以剛剛我才躡手躡腳的，就是怕引起他們注意。果真，一看到我他們就開心的嚷著：「小難哥哥！小難哥哥！你也要去看東海先生嗎？」

我點點頭，他們笑得更開懷了，你一句我一句的問著話。

「小難哥哥，你看看這個，東海先生會喜歡嗎？」

「小難哥哥，東海先生到底要找怎樣的木頭呀？」

我邊笑邊搖頭，我是真的不知道。家鄉平時不會有外人過來長住，但因為師父的關係，村子裡的人很快就把東海先生當成朋友。他的琴聲響起時，走在山徑間就可以聽到，那音樂好似有種魔力，會把大家往那兒吸引過去。整個村子的人都知道東海先生要找一段合適的木頭，製作他想要的古琴。這木頭必須是桐木，而桐木我們這裡到處都是，大家都以為這是再簡單也不過的事情。只是，東海先生來的這些日

子，他一有時間就在山裡走動，卻還是沒相中任何一棵樹。這一個多月，只要有人看到好的木頭，就會先撿樹底下的枝條上山，想讓東海先生先鑑定看看。

兩個孩子看我都不回話，拉著我的衣角追問著：「小難哥哥，東海先生到底要怎樣的木頭呀？」「他在樹林裡找到了嗎？只要選定是哪一棵樹，我爸爸可以幫他把樹砍倒……」

風吹過來，帶來一股奇特的清香，那是桐花的氣味。在招搖山待了三年多的我，跟著師父認識很多不同的藥材，也才知道家鄉這種最常見的大樹，不管是根、樹皮、種子、葉子……幾乎整棵都是寶，連氣味都能安神解鬱，讓人覺得心情平靜。若是將新鮮的桐花泡水煮開，放涼後拿來沐浴泡腳，可以舒緩走太久時身體的疲憊與腫脹。我從來沒想過，家鄉到處可見的樹木，就是東海先生要的珍寶。

我們又往前走了一段，轉個彎，我和兩個小孩都聽到錚錚琴聲，東海先生在家。那琴聲和著山風，伴隨著樹葉搖曳的沙沙聲、此起彼落的蟲鳴聲，一起傳得很遠很遠。小屋已經在路的另一端了，但是小孩子的問題我還是沒有答案。我甚至想著，東海先生自己有答案嗎？

二 月光下的晚宴

東海先生會到我的家鄉號山，是讓人完全想不到的事情，也許跟那場月光下的晚宴有關。

兩個多月前，我們在不繫之舟，跟另一艘船——幡然號上的五位叔叔吃飯，在江河之上，在月光之下，這頓算是餞別的餐宴。幡然號剛繞過東部那些沿岸國度，船上有很多奇特的食材，他們全都讓火叔處理。一下子多了這麼多助力，火叔拿手的料理技能如虎添翼，船上彷彿有一種過節的氣氛，熱鬧滾滾的。在不繫之舟上這麼長的時間，雖然不至於短少飲食，但從來沒有這麼豐盛的場面，一道道的好菜，每一盤都大有來頭。

五位叔叔雖然不是同胞兄弟，但長年合作也像是手足一般，因為都不清楚自己實際的歲數，靠著抓鬮(ㄐㄧㄡ)的方式訂了排行。只是誰也不敢稱「大」，所以排行從老二開始，我就從二叔叫到六叔。

第一個端上來的是一盤火烤的魚，魚身如同一片瘦瘦長長的葉子，魚的尖嘴像一根長長的針，魚嘴幾乎跟身體一樣長。火叔拿上來的時候，這些烤魚就用尖嘴直接插在一個切半的瓠瓜上，魚肉上撒著鹽，外表烤得酥脆焦黃。一口咬下，發現骨頭細軟，烤了之後那些軟刺連著魚肉，嚼一嚼可以一起吞下肚子。

「這是箴魚，牠們的嘴像鳥一樣，游得極快，雖然個頭小小的，但在水裡暢行無阻，連大魚也不敢靠近，這種魚肉質清甜，根本不需要多餘的調味，直接烤熟最好吃。」二叔拿起一條魚，先是深深的吸一口氣，然後就開始剝開魚肉準備品嘗。尖尖的魚嘴像竹籤，用手拿著正好。

箴魚有尖尖的刺、動作又靈活，看起來很小，我猜一定是撒下密密的網，或者放置魚籠、魚筌這類的陷阱，再不然就是用魚叉、釣魚這種方法一隻一隻慢慢抓。不過，當猜完所有我知道的方法時，幾位叔叔全都一起搖搖頭。每一種我知道的方法都不對，那得怎麼抓呢？

三叔說：「箴魚總是成群結隊，當有大魚或是捕魚人出現，牠們會聚集在一起，少則數十條，多則數百條，從水面上看過去，這一大群小魚立刻變成龐然大物，模樣甚是讓人驚恐。網一撒下去不須多久就被扯壞，水中抓魚的陷阱更是禁不起牠們的橫衝直撞，所以，這魚得靠『烏鬼』來捕捉。」

我沒聽過「烏鬼」，不過馬上就有人告訴我，「烏鬼」是一種羽毛漆黑的魚鷹，因為動作迅速，行動快如鬼影，所以當地人暱稱「烏鬼」。這種鳥有寬大的鳥喙、長長的脖子，因為不怕人，所以許多打漁人家裡都會養幾隻，這種鳥壽命

很長，好好照顧可以活幾十年，養久了似乎都聽得懂人話。

箴魚肉質鮮美，偏偏很難捕捉，但魚兒對「烏鬼」一點辦法都沒有。打漁人家在「烏鬼」的長脖子上綁一段布繩，「烏鬼」俯衝到水中，在龐大的魚群中用牠的大嘴輕易的攫住箴魚，只要一抓到魚，「烏鬼」就會回到船上，等著漁夫打賞。箴魚的長嘴在窄窄的脖子裡動彈不得，那讓水中其他魚類害怕的尖刺傷害不了「烏鬼」，打漁人家取出箴魚時，只要用力捏住魚的頭部，箴魚的尖嘴也就毫無用武之地。抓出「烏鬼」捕到的魚，漁夫會立刻稍稍鬆開牠脖子上的布繩，並且送上一條小魚當獎賞。

「烏鬼」好不容易抓到魚，卻因為脖子被布繩卡住，必須乖乖的交出魚，牠怎麼不乾脆自己捉魚自己吃就好，何必成為漁人飼養的工具呢？

「『烏鬼』的闊嘴破不了冰，冬天時河面結冰，抓不到魚，縱使有一身抓魚的功夫，也是莫可奈何。許多『烏鬼』在天氣變冷時，就成群結隊飛往溫暖的地方，但有些就是選擇與人為伍，讓自己不致於餓死，也有棲身之處。不是每一隻『烏鬼』都跟在人的身邊，要不要成為打漁人家的幫手，我想也是這種鳥自己的選擇吧！」

箴魚這道菜讓大家開了胃。幡然號上的叔叔說，箴魚不僅滋味鮮甜，還是極佳的溫補食材，據說只要吃了牠的肉，就能收到強本固元的功效，常吃就能讓身體百病不侵，也能避免染上瘟疫。這等滋補好物，偏偏只在淄水附近的湖泊出現，所以每回經過，就一定找熟悉的打漁人家補貨。他們的船前陣子才剛通過那附近，這一批箴魚是最新鮮的。

因為幡然號剛從東山附近的水域經過，餐桌上很多的菜

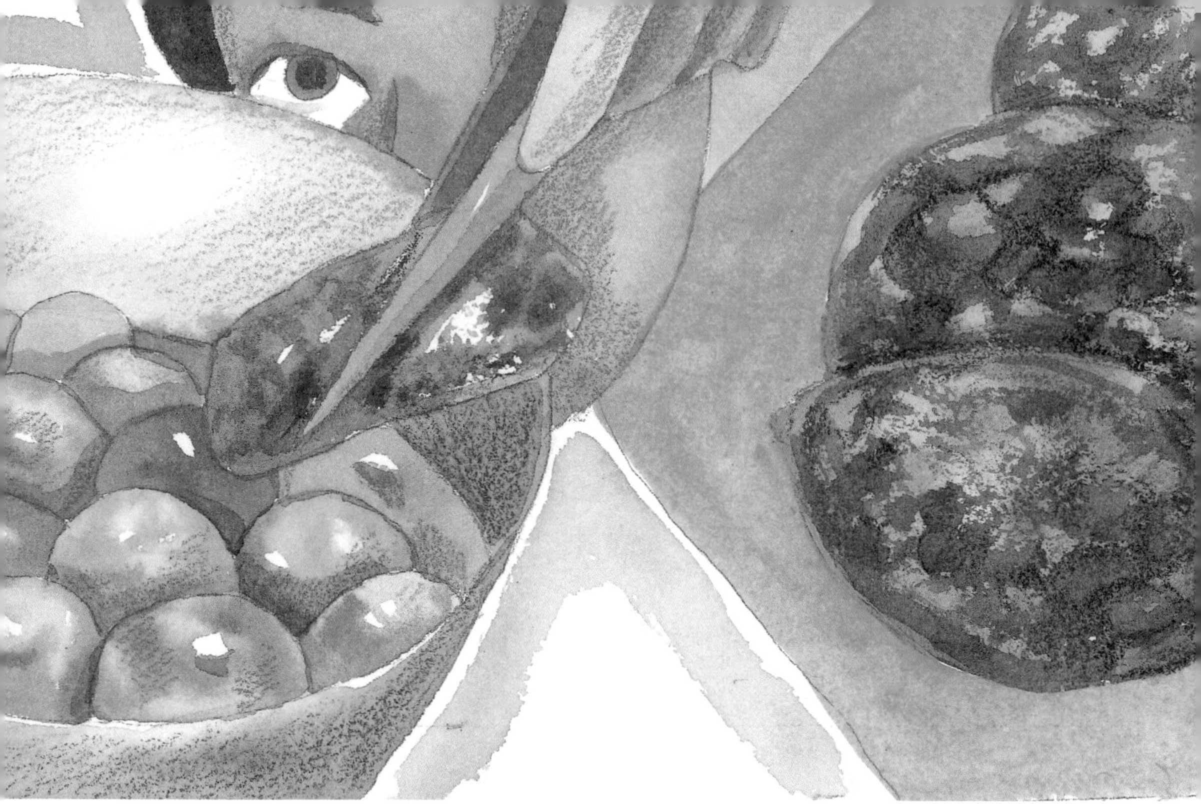

餚都來自那一帶。一盤加上甜瓜炒的肉片，是來自徐澤的「珠蟞(ㄅㄧㄝ)魚」。甜瓜很甜，魚肉卻帶著酸味，這種搭配恰到好處。珠蟞魚有四隻眼睛、六隻腳，外型像一片肺葉，魚皮像是軟殼一樣有稜有角，咬起來很有嚼勁兒。我看到這盤裡還有很多又圓又白的小圓珠，那是珠蟞魚肚子裡的蛋嗎？

「喔，那是珠鳖魚肚子裡的珠子。珠鳖魚特別喜歡吃水中的蝦類、貝類，不知道是不是因為這樣，牠的肚子裡常會找到這種圓珠。大部分的珠子都是軟質可以跟肉一起下鍋大炒，有些珠子可能在肚子裡太久了，硬得咬不動了，會變成這樣……」三叔邊說邊指著船上角落一個有個缺口的破甕，裡頭都是閃閃發亮的圓珠，圓珠在月光下發出光彩，那應該是十分值錢的東西吧？只是為什麼用這種破舊的容器裝著，而不是找個地方好好安放？這是我想不透的事情。這時三叔吃得過癮、嘖嘖讚嘆的話語響起：「火老弟，你怎麼這麼會煮啊，我們平時也是拌著甜瓜快炒，卻沒有你做的這麼好吃。更妙的是這隻肚子裡的硬珠子只有五六顆，其餘全可以下肚，不像之前抓到的肚子裡頭全是硬珠子，半顆都吃不得……」

三叔不但自己吃得過癮，他還往我碗裡夾了肉、夾了圓珠，又說：「多吃一點，對我們這些長年在外的人，生病可不是開玩笑的。」

火叔最後端上桌的，是一個烤出脆皮的燒肉，褐色的皮帶著光澤，那味道太香了，要是在市集裡販賣，應該是一小塊一小塊切著賣的，火叔端出一整隻，好大一塊。

「太好了，這塊肉我們用鹽醃了好久，都不敢亂處理，就怕糟蹋了它，你真的把肉燒好了。」

「這真的太費工了，我從來沒烹調過這味，所以也真怕弄砸了材料。為了消除肉裡的鹽味，我清洗浸泡了很多次，之後找了一個大缽，把各式香料研磨後放入，再加入醬料和料酒醃漬。照理說得醃個三天三夜再來處理會更好，但我們的時間很短，為了讓肉快點入味，只好叫小難用竹籤在肉上扎孔，他忙了半個多時辰，這肉總算醃出該有的味道⋯⋯」

剛剛我在扎孔時，心裡一直想著，幡然號給的這個食材，究竟是什麼呀？看起來像是豬、羊、牛這類的幼獸，但是尾巴其長無比，尾端有薄膜，拉開後彷彿蝙蝠的翅膀。獸首是什麼根本看不出來，既不像豬有肥敦敦、圓滾滾的鼻子，也不像牛、馬有較瘦長的頭，我一直很好奇。

連同這一大塊燒肉擺在一起的，是一段段青綠的生菜，那綠綠的葉子像是蒜苗或者蔥葉，聞起來有種辛辣氣味。火叔叮嚀大家吃的時候一定要兩個配在一起，厚厚的肉片多了清爽的口感，是絕妙的組合。燒肉配著生菜，這種吃法之前我也嘗過，只是一看到那盤生菜，幡然號的叔叔們全都露出驚訝不已的表情。

「這是丹薰山的韭薤（ㄒㄧㄝˋ）嗎？」

看到火叔點點頭，他們更加驚訝的說：「真不容易，韭薤只長在丹薰山，據說移植他地都種不活，這是怎麼做到的？」

火叔指了指土叔說：「舍弟頗好此道，許多只在當地生長的植物，他信手拈來，泰半都能種活。我們船上就有一大盆，平時也沒什麼用，這時正好派上用場。」

火叔跟大家說：「很多年前，我們去過丹薰山，聽說山上有種奇獸，人稱『耳鼠』，據說牠的肉吃了五毒不侵，幾乎不會再生病了。對我們這種長年在外、看大夫不方便的人，當然希望能有這種『一吃見效』的好物。再加上當地的人說，耳鼠會跑、會走，還會飛，所以肉質特別好吃，一聽到肉質特別，我就很想找看看，所以我們就在山裡繞了好幾次……」

「後來找到了嗎？抓回來吃到了嗎？」我忍不住插話。

「當地人跟我們說，耳鼠機靈又善於藏匿，非常不容易抓到。牠們的身體長得像麋鹿、頭長得像兔子，也有一對兔耳朵。牠有著奇特的尾巴，平時收攏，如同其他動物的尾巴一樣沒什麼特別，假如遇到危險，在情急之下，那尾巴會立刻張開撐大，就像翅膀一樣振動，讓牠能平地拔起，飛一小段路，還說牠叫聲像狗。我們之前從來沒見過這種動物，所以一路就這幾個特點來找。後來在樹林間看到一道褐色的影子從頭上飛過，接著聽到狗的長鳴，彷彿吹著號角，一聲又一聲，那速度太快了，連看都看不清楚……」

「最後抓到了嗎？」火叔的故事說得很精采，偏偏說到一半總會停頓下來，讓我急得不得了，很想知道最後發生了什麼事情。

「當然是沒抓到，所以這也是我們第一次吃到耳鼠的肉。」

土叔補充說道：「我們那天沒抓到耳鼠，但當地的人跟我們說，丹薰山是薰水的發源地，這座山向陽的地方，遍地韭薤，若是那背陰之處，或是樹底下、山溝中，只要是照不到陽光的地方，都是片草不生。整株韭薤都有著微毒，人們不會食用，除非是特別的狀況……」

我邊嚼邊聽，這耳鼠燒肉有種難以形容的美味，單獨吃也很好吃，為什麼非得要搭配著韭薤，韭薤有什麼特別之處？我往嘴裡塞著東西，卻因為聽得入神沒吞下肚，土叔停了下來推我一把說：「小難，吃慢一點，你又不是耳鼠，何必把腮幫子都吃得鼓鼓的呢？」這話讓大家都看著我，全都呵呵的笑，害我很不好意思。

原來，耳鼠只生在丹薰山的向陽之處，牠們會像老鼠一樣刨洞挖溝，專挖韭薤的鱗莖食用，牠們吃東西時，會拚命的塞在嘴裡，塞得兩頰都鼓起來。韭薤有毒，耳鼠又每日必食韭薤，所以若直接吃耳鼠的肉也必定中毒。雖然不至於立刻喪命，但那又癢又痛也是讓人受不了的。

火叔說：「幸好一物剋一物，當地人叮嚀我們，耳鼠肉配著新鮮韭薤，兩種合併著食用，毒性就能化解。他們那兒的小孩，要是肚子脹氣，就煮一鍋耳鼠肉加上新鮮韭薤。平時多吃，還能生出抵禦百毒的體質，真的是當地的寶物。我們那時怎麼抓都抓不到，覺得十分遺憾，既然抓不到耳鼠，那麼先把韭薤帶回船上試著栽種。舍弟手巧，那些花草樹木似乎都聽他的話，就這麼種了一大叢，在船上既不敢吃它，也捨不得丟掉，現在能派上用場真是絕妙的安排。」

耳鼠燒肉都快吃光了，我才想到一個問題：既然這種動物這麼難抓，幡然號上的叔叔們是怎麼抓到的呢？

「這塊肉倒不是我們自己抓的，那次到丹薰山忙一個工事，看到主人家抬著一只大簍子，裡頭有一隻剛捕到的小獸，因為外型似鹿又似兔，我們知道了來歷，就問是否能送給我們。耳鼠的確難抓，抓牠們得用丹薰山特有的樗（ㄕㄨ）柏枝條，而且只能取立春之後、春分之前的。他們會把枝條編成簍子，裡頭放滿新鮮的韭薤鱗莖，再放到耳鼠會出沒的地方。只要耳鼠進去，就可以來個『甕中捉鱉』。喔！這應該稱作『甕中捉耳鼠』……」

原來這樣就能抓到，那在立春之後、春分之前編織無數個籠子，不就可以一年四季都有耳鼠的肉可以吃嗎？

「那可不成，這奇就奇在這裡，除了非得樗柏枝條不可，還得帶著枝條上的葉子，葉子還得是鮮綠的。所以就算春分前一天編織好的籠子，葉子最多也只能維持十數天的鮮綠，一乾枯，耳鼠就再也不會上當了。」

耳鼠愛吃的食物在這座山上，能鎮住牠的樹木也在同一座山上，這耳鼠還真的離不開丹薰山，能在這裡吃到這等美食，難怪叔叔們興致盎然的說個不停。

在我們說話的時候，東海先生完全沒有驚訝的神情，彷彿這些他全都知道似的。正當我感嘆的說著：「還好丹薰山上有欅柏之木，不然也無緣嘗到這等奇獸了。」東海先生突然轉頭問：「小難，你家在虢山附近，山上是不是有許多高大的桐樹？」

「是的，我們那兒到處都是桐木、椐木，我的床就是桐木板做成的，因為這木頭有著蟲子不喜的香氣，我娘說做成床，蚊帳忘了掛都沒關係。」

聽到這，東海先生說了讓我完全沒料到的話，他跟幡然號的二叔做了個揖，然後說：「麻煩清出一個小間，我想跟著小難一起上你們的船，到虢山找一段桐木製琴，那裡也許有我一直想找的木頭。」

東海先生要去我的家鄉？桐木不是到處都有嗎？為什麼

非得到我們虢山上找？虢山很小，他要待上多久？他不是要探訪朋友嗎？那該怎麼跟那些朋友交代呢？最重要的是，不繫之舟上有氐（ㄉㄧ）人國鮫人做的帆，讓我們能知道船到底到哪兒了，他若是不在船上，怎麼知道船到哪裡了？

我滿肚子的問題，但不管是不繫之舟或是幡然號的叔叔們，全都態度淡然，繼續吃著東西。終於，我忍不住問了：「東海先生，當您到我家鄉之後，假如要離開，又怎麼能知道不繫之舟當時在何處呢？」

東海先生端著湯，慢條斯理的喝著，一面輕輕的說：「別擔心，我有琴袋呢，到時迎風張開就可以。」

我瞥向角落立著的琴袋，發現琴袋上也有著小點，如同星盤，在月光下閃閃發亮。

這是怎麼一回事呢？

三 — 第四片船帆

太陽已經下山，天色卻還透著亮，半山的林間小屋前廊，屋簷下有三個人排排站著。一個是我，另外是那兩個扛著木頭段兒上山的小孩，他們一個叫鐵釘，一個叫小補兒。鐵釘的爹是木匠，我的玩伴大楞子小時候就是在那裡拜師，我們三不五時就會見面。後來大楞子被送到涿光山學藝，他開心的說自己再過三年就能真正的出師。小補兒的衣服上都沾著酒香，他家是酒作坊，屋前的空地總是堆著玉米、高粱，他家釀的酒出了名的又醇又香。許多被家人差遣到酒作坊來買酒的小孩，拎著一個空空的竹筒或是陶土罐來打酒，他們來的時候蹦蹦跳跳的像一隻靜不下來的兔子。打好酒往家裡走時，每個小孩都小心翼翼、直挺挺的走著，從小兔子變成小老頭，一滴都捨不得灑出。照理來說鐵釘和小補兒都應該在他們自家店裡幫忙，但因為剛好都是排行最年幼的孩子，上頭的兄長和來學藝的小徒弟們，已經把所有該做的事情都攬了過去，所以他們就負責最簡單的事情——放牛吃草，每天只要把牛送到草多的地方，等牠吃飽了再帶回家。

他們跟著我一起來到小屋前，裡頭的琴聲悠悠。

小補兒說：「東海先生又在彈琴，這一彈一定很久很久，我們不用等了，東西放著直接走吧！」

鐵釘卻堅持著說：「月亮快出來了，晚點說不定大家都會來，我們等一等。」

天邊雲朵背後的確有一圈光亮，今晚雲層不厚，等一下月亮應該就會掙脫烏雲出來探頭。村子裡的人已經養成習慣，看到月亮露臉，就會不約而同來到東海先生的小屋，等著他開門，等著他張起琴袋，等著月光照在那琴袋上，等著聽他說起那些村人永遠不會去的地方。

那天，在幡然號上，東海先生的琴袋被月光照著，透著光、透著亮，小小的光點，居然跟不繫之舟上的船帆那麼相像。我看著琴袋，又把頭轉向跟幡然號相連的不繫之舟，把頭轉過來、轉過去，想確認兩處相似的光點，到底是怎麼一回事。看到我驚訝的神情，水叔笑呵呵的說：「沒錯，那兩個是一樣的。」船上的三張帆，靠著轉軸，可以合併，可以分開，張起帆之後，只要風輕輕一吹，船帆就鼓起，帶著不繫之舟往前。鮫人的織物既輕薄又堅固，大風吹不破，還能隨著船隻移動，一旦到了某地，就會在船帆上相應之處顯示一個小小的光點。唯一的問題就是，這得在月光照耀下才能看得到，假如是大白天，或者是風雨交加的暴風雨，船帆就像其他的帆布一樣，沒什麼特別。很久之前，不繫之舟請鮫人製作船帆，那時鮫人做出了四張帆，但因為船不大，三張就夠了，第四張船帆就一直收著。

「那時，我之前的琴袋清洗時晾在甲板上，隔天一早發現不見了，不知夜裡何時被吹落在海上。船上臨時找不到其他的布製作琴袋，想說多了一塊船帆，那就用這塊布來做。」

常為大家張羅食物的火叔，拿起針線也是駕輕就熟，琴袋是他幫東海先生製作的：「本來想著就是暫時用的琴袋，這張船帆說不定哪時還得掛上桅杆呢，所以整塊船帆沒剪掉半點，直接把多餘的來回縫在裡頭。這琴袋攤開來，幾乎就和原本的船帆一樣大。」火叔跟大家說了當時的狀況。

「……有一天，我在月光下彈琴，琴袋就攤在窗子的平台。一邊彈一邊看著窗台，我突然發現當月光照在琴袋上，琴袋像是鏡子一樣也亮晃晃的。本來以為只是反光，但細看才發現琴袋和船帆一模一樣，船帆上有哪些光點，琴袋上

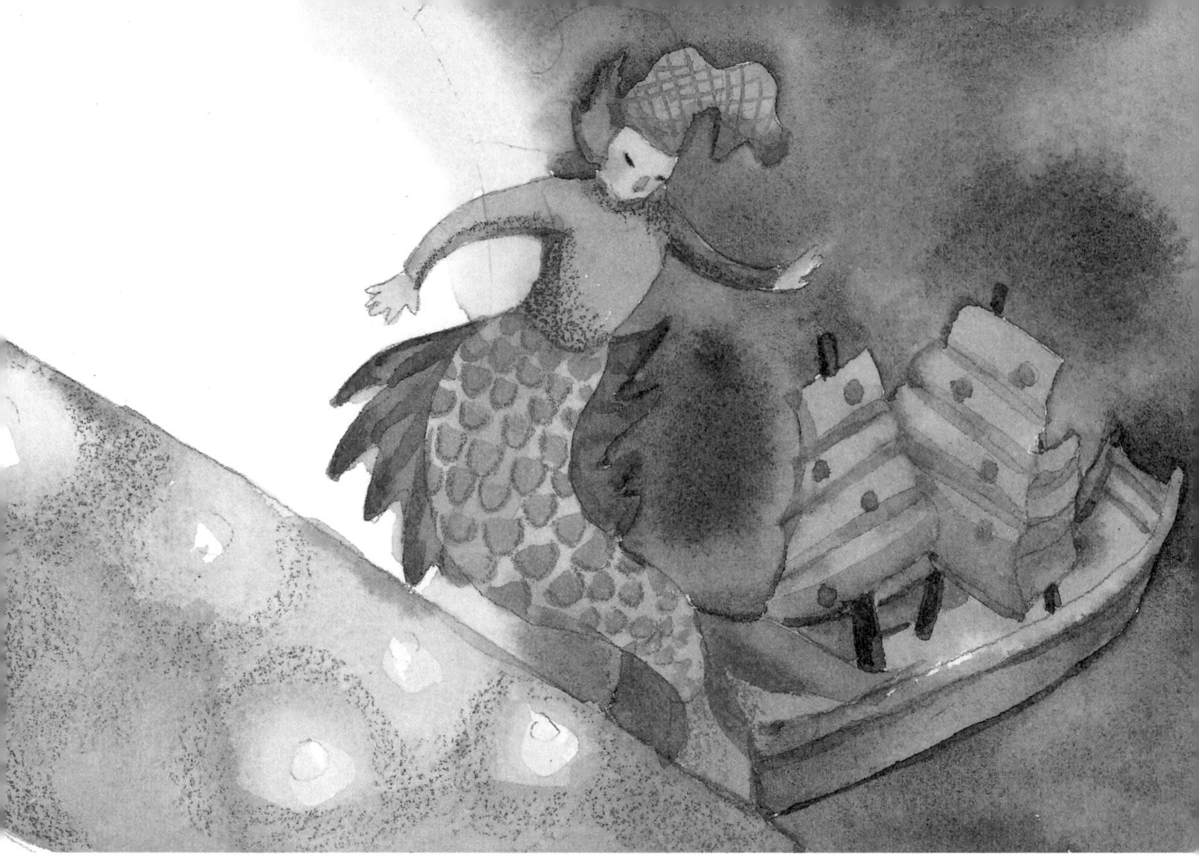

也會有。這些點都是接近當地，照了月光，才會緩緩的出現。有了這個，就算我暫時離開不繫之舟，我也知道船到了哪裡。」

鮫人做的三張船帆，歷經多年的大風大浪看起來依舊如新，第四張船帆一直都沒派上用場。因為只要海上明月升起，船帆照著月光，上頭如同葉脈般密

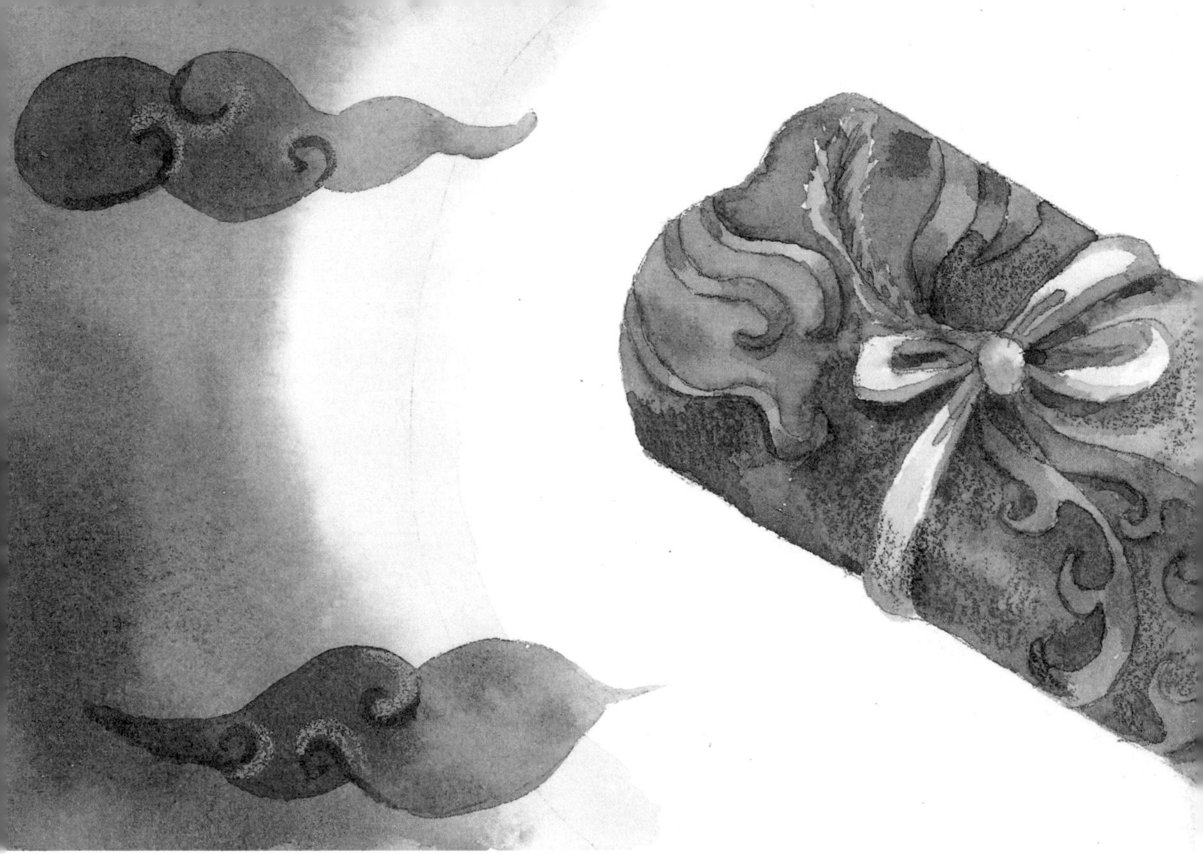

密麻麻的網絡，彷彿能得到滋養一樣悄悄修復著，這麼多年來一直堅固耐用也不用更換。打算暫時頂著的琴袋，就一直用到現在，東海先生不在船上時，他會張開這張琴袋，接著打開窗引進月光，為那些遠方的朋友彈奏古琴。

「這樣他們真的聽得到嗎？」那天在船上，我聽完那個琴袋的典故之後，第一個問題就是這個。東海先生沒回答，反而是水叔說：「琴聲彈奏出來，除了周圍的人，吹過的風、天上的日月星辰、附近陸地的鳥獸花草，不也一起聽到了嗎？」難怪東海先生總是彈奏著，原來他是想到誰就為誰彈琴，不管對方在哪裡，總想著這樂音一定能傳到對方那兒。

東海先生在桐樹林小屋剛住下，就遇到他來的第一個滿月，爹娘還有村里的長輩們，擔心對這遠方來的客人招待不周，不約而同的都來到小屋。那一天，琴袋在月光下散發出銀白色的光，讓大家驚訝得說不出話。

「東海先生，這是燈籠嗎？」一位叔叔問。

東海先生還沒回答，在旁的車爺爺就先擺擺手說：「這個通體透亮，怎麼可能是燈籠？要是燈籠一定看得到骨架。」要不是現在受傷了，車爺爺曾經是村子最厲害的燈籠師傅，他劈出的竹片又薄又細，紮出來的燈籠精緻又耐用。他用竹篾製成骨架，再糊上一層浸過臘的棉紙，各種不同造型的燈籠，無論是大鼓、元寶、公雞、還是小牛，全都唯妙唯肖。在他還沒受傷之前，從過年前就開始忙著接活兒，誰要能在元宵節時，提一個「車爺爺親手紮的燈籠」，大家都會羨慕的盯著，這人走起路來也跟著輕飄飄的。

「要不是這東西透著光卻看不到骨架，我也會以為是燈籠。唉！我要是兩隻手都還靈活，也可以照著紮一個以假亂真一番。東海先生，您這不是什麼燈籠，鐵定是什麼寶貝對吧？」

東海先生簡單的說了關於鮫人織物的神奇之處，以及怎麼誤打誤撞用船帆布做成琴袋。聽到琴袋是用一面船帆作成，而且居然沒裁掉半點布塊，車爺爺更是感嘆的說：「居

然有這樣的奇人，要是能當面跟他請教多好。以前我還能做燈籠的時候，也是講究剪裁，不要浪費任何一片布料。一般人做著玩耍的棉紙燈籠，材料還算便宜；要是特別送料子過來訂製的，那些都是上好的綢緞，沒算準剪壞了就做不成了。唉！只是我現在像個廢人一樣了，講這些都是痴人說夢。」

多年前的一次意外，讓車爺爺斷了一條胳臂，左邊衣袖空蕩蕩的，他索性將衣袖打個結。車爺爺的意外發生在我還很小的時候，獨臂沒有影響到他平時的活動，他的右手和雙腳可以做很多莊稼活，就是不能再劈竹片來做燈籠。現在的他當然早就接受了這個事實，只是想起以前的事情，還是會忍不住有些感嘆。

車爺爺穿著一件褐色的短衫，衣服洗得很舊，但左邊袖子那個結很明顯的比整件衣服新。我很想知道，既然那麼重視布料的使用，那麼車爺爺明知道自己都沒有左邊的胳臂，為什麼做衣服時不直接少做一邊，那不是可以省掉一些布料嗎？只是又覺得這樣問似乎有點沒禮貌，沒想到東海先生說：「車兄，您每件衣服都得這麼打結嗎？直接少做一邊不就好了？」

「是的，我穿衣服都要這樣，短袖還好，長袖就要打結。我的衣服都是我家那口子做的，她說這樣才好，衣服就該有衣服的樣子，像我這樣成為獨臂人是不得已的，哪有人跟我一樣呢！」

「誰說沒有獨臂人呢？我就去過一個舉國獨臂，叫做『奇肱國』的地方，在那裡我們這些雙臂人，反而成為異端，會讓人另眼相看呢！」東海說完這句，大家忽然都靜下來了。

這番話讓大家愣住了，村子裡的人從來沒到過別的地方，沒見過長相不一樣的人，猜不透東海先生這麼說的用意。果真，車爺爺一邊擺了擺手一邊笑著說：「東海先生，您不用安慰我了，我這怪模樣，一開始連我家小孩都不習慣，天底下怎麼有那種地方，全都是我這種怪模樣呢！」

東海先生站在自己的琴袋下，指著上面一個點，那個點現在並沒有發亮，但在月光下可以清楚看到一個明顯的痕跡。

「我說的是真的，在這裡！」

四 奇肱國的巧工藝

東海先生指著那個點說：「很久以前，船隊來到這個地方，我們在暮色中登岸。那裡的人都很客氣，他們扛著轎子把我們送到當地的客棧。轎夫個個身子高大，他們的衣服露出一側的手，胳臂十分結實，幾乎跟一般人的腰一樣粗……」

「轎夫靠這個吃飯，胳臂粗壯也是應該的，我們這裡的孩子，要當木匠或工匠，或者要學唱戲、學裁縫，除了有心想學，也要看祖師爺賞不賞口飯吃。」有人這麼說。

「我一開始也是這麼想，但是等第二天天亮時，才發現他們全都是獨臂人，有的只有右臂，有的只有左臂。那裡的服裝也跟我們不同，沒有手的那邊，衣服整個縫實了，完全看不到縫。有手的那邊衣服會從頸部斜著裁剪到另一邊，好讓手臂露出來。這樣無論臂膀有多壯碩，都容易買衣服。在那裡，不管男女老少，全都是這樣的裝扮。」

我把左臂背在身後，想像假如只有一隻手，那該怎麼做事呢？那些粗重費力的事情，像是建築房屋、造橋鋪路，挖井築牆……他們要怎麼搬那又大又重的東西？挑磚塊、挑石頭，他們要怎麼平衡肩上的扁擔？不說這吃力的粗活，就算是裁製衣服好了，裁剪東西時要一手扶著布片一手操作剪子，他們怎麼做得到？難道都得兩人一組嗎？

「那裡的人手臂粗壯，就算是小孩子也是力大無窮，我曾見過一個看牛的孩子，牛在急流中快被沖走，他一個箭步跑到河中央，單臂就攬住那頭大黃牛的身子，之後就把牛拖上了岸。連小孩子都有這樣的力氣，大人就更不用說了。只是，一隻手做事的確不方便，所以他們製造了許多奇特的工具，完全不妨礙他們做事情。奇肱國到處可以看到大大小小的裝置，我在那裡看到田間放置了許多小木籠……」

「這木籠要做什麼呢？準備抓耗子的嗎？」

「我當時也十分好奇，沒想到風一吹，這些木籠就會滾動，一邊滾動還會發出『啾啾啾』的鳥鳴。」

「難道當地鳥蹤不多，他們做出這個模擬鳥音，一邊工作一邊聽，讓自己排憂解悶用？」有個村人提出了他的想法，一說完，很多人都點點頭，村子裡的確有人抓到不知何處飛來的黑鳥，教那隻鳥兒說話唱歌，鳥兒居然真的學了不少句，那幾句亂湊著回答，常常讓聽的人哄堂大笑。當他拎著鳥籠散步時，很多小孩都會跑過去跟鳥兒說話，想看看鳥會怎麼回答。

「我怎麼想都想不透，一般鳥籠不是應該掛在樹上嗎？那木籠看起來不像一般的鳥籠，又隨意置放於田埂中，到底是用來做什麼？沒想到當風一吹，木籠滾動發出鳥鳴，有些來田裡偷吃稻作的鳥兒，就追逐著木籠，甚至自投羅網鑽進裡頭。鳥兒一進去就出不來，莊稼人的耕種也就不必擔心被鳥兒吃光，那田間的木籠原來是他們的捕鳥器。當木籠滾不動了，當地的人就整個拾起帶回去加菜。」

村子裡的田地，每到收成時期，那不請自來的鳥雀讓大家頭疼。無論是弄個稻草人嚇唬，或者用彈弓驅離，效果都很有限。鳥雀越來越聰明，說不定還會彼此傳授那躲避人類之法，要是這裡有奇肱國這種捉鳥的裝置多好。

「這奇肱國的人真是聰明，能截長補短，這樣就算只有一隻手也活得像兩隻手。東海先生，您這番話語，是要我不要懷憂喪志，至少還有一隻手，能做的活還是要開心的去做，這樣對嗎？」車爺爺似乎是恍然大悟。

車爺爺雖然只剩下一隻手臂，但他總是手腳並用，再加上嘴巴也來幫忙，照樣能做其他的事情，就是再也無法做燈籠而已。因為燈籠需要劈出竹片，有的竹片小到不比筷子長，對他來說太難了。

「您的確不必特別在意斷臂之事，我想說的是，大凡身上有缺了什麼，就會從另一方取得更多，像那盲眼之人，耳朵比我們正常人好上太多，您也一定有什麼能力，是在斷臂之後，慢慢練就出來的。不是嗎？」

車爺爺用他的右手撓著耳朵，想著自己到底有哪些地方變得比以前更厲害？這時有人說話了：「車老，我覺得您是肚子裡的酒蟲變得精明了，現在釀好的酒您只消抿一小口，就知道酒是什麼做的，做了多久，是老酒還是新酒，夠不夠純……」周圍的人聽了都笑了起來。東海先生也笑了，他一邊微笑一邊說：「獨臂的奇肱國，也似乎得天獨厚的擁有很

多真本事。他們個性謙虛，總是覺得自己還有不足之處，所以願意終日學習。他們的腦子越用越靈光，真的是每個人都絕頂聰明，一般人鑽研道理遇到瓶頸，要是過不了關就會放棄。奇肱國的人會反覆檢驗，不斷的建立起想法，又嘗試著找出其他不一樣的道理。如此一而再，再而三的嘗試，那看山是山、看水是水、看山不是山、看水不只是水，都不知道走過幾回了。」

「那裡的人也太跟自己過不去了，輕輕鬆鬆的不是很好嗎？他們這麼做，一定得花很多時間吧？」

「誠如我剛剛說的，缺了什麼，就會有什麼補上，反覆操練運用得多了，那方面就會長出千百倍的韌性。奇肱國人個個好學不倦，這種時時都想要弄懂萬事萬物道理的精神，讓他們長出了三隻眼睛。這三個眼睛一隻在上，兩隻在下，他們的頭顱可以繞著脖子轉一整圈，目力所及更遠更廣。上方的那隻眼睛為陽眼，白天時主要用這個眼睛學習；下方的兩隻眼睛為陰眼，當天地昏暗時，陰眼不用光線也能看得到事物。他們說人生太短了，半點都不能浪費，所以時時刻刻都想要好好的學習，幾隻眼睛輪流用，就不用浪費時間休息了……」

「居然有這等奇人，這些人要是來考我們這裡的科舉，那不是手到擒來，易如反掌嗎？他們那裡有科舉這件事嗎？大家都這麼認真，一定都考得很好，到時候要怎麼考評也是一件麻煩事。」

我們村子裡的小孩，大多是在私塾學堂學會了識字，之後就開始學習如何營生，一路苦讀打算考個什麼功名的少之又少。我在師父的藥鋪子學認字，學怎麼看方子，也學了簡

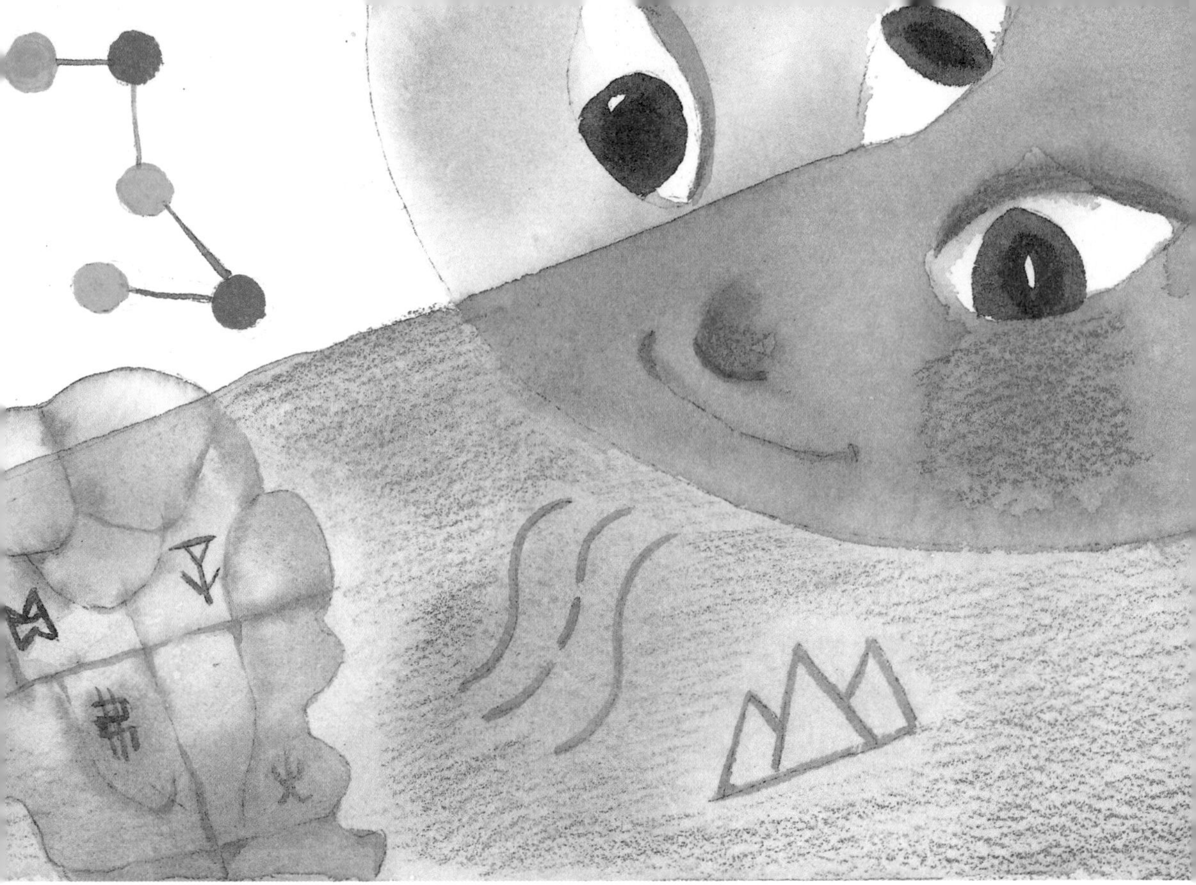

單的計數，但也沒想去考科舉當官。當官得通過重重的考試，成天讀書什麼事也做不了，再說最簡單的鄉試還不知道能不能考得過呢！官大責任也大，我這沉不住氣的個性，萬一真的當官怎麼受得了。

「我在那裡參加過一次盛宴，那地方的新官上任，客棧

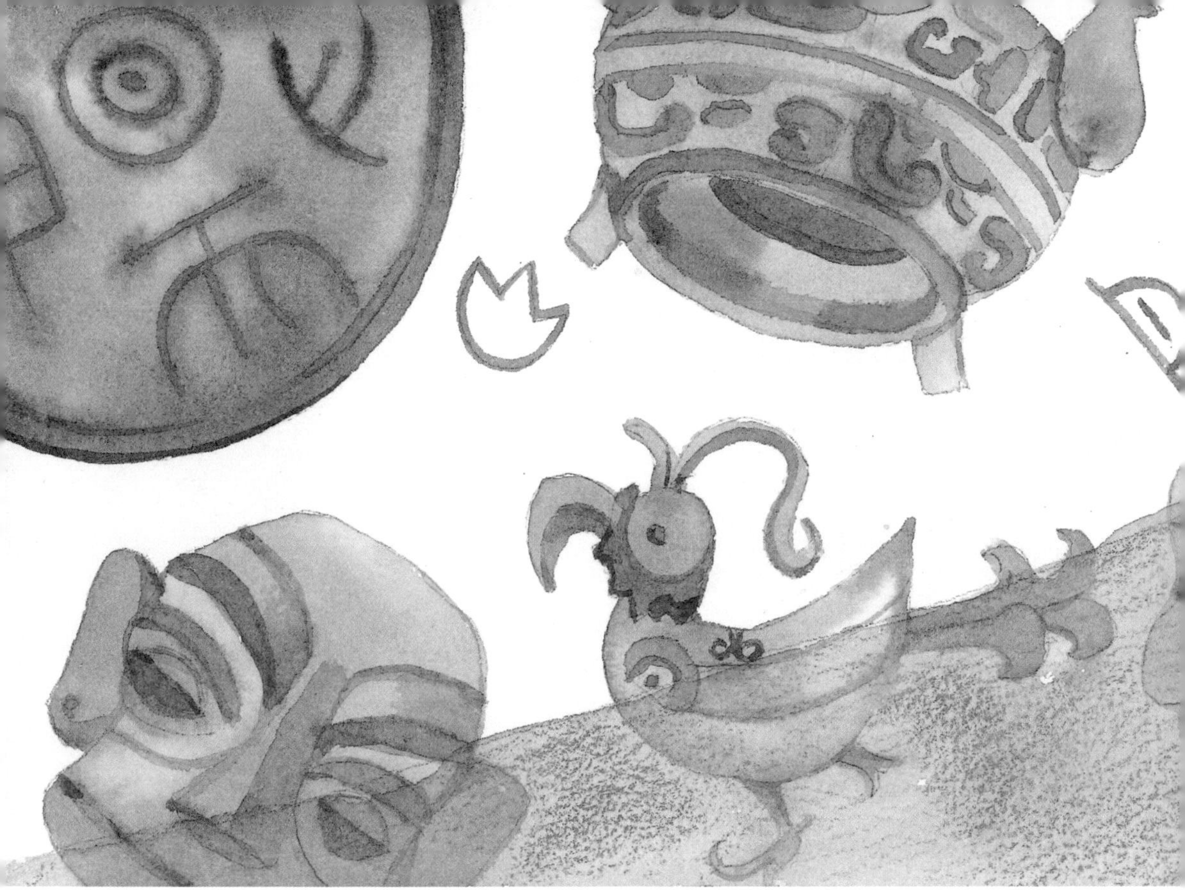

擠得滿滿的，縣城中每家每戶都有人來，各家送的禮物堆得滿坑滿谷，但當官的卻僅能勉強擠出一絲笑容，似乎有不得已的苦衷。本以為是新官為著什麼事情苦惱，後來才知道他們那裡的人喜歡把心力放在鑽研製作怪奇新物上，不好謀取功名之道，沒人樂意當官。

每一個地方官吏，全都是眾人千拜託萬拜託請出來的，假如都沒人要出來時，就只能抓鬮決定了，你沒看到那抽到的人多麼懊惱。」

東海先生說了更讓我驚訝的事：「奇肱國的人，每個都有絕世的好功夫，他們做什麼都能做到頂尖。我之所以對這個地方印象特別深刻，是因為我那船隊中的夥伴們，竟然在那裡停留了大半個月，說那裡有學不完的東西。我那些夥伴全都是大人國手藝精巧的工匠，但他們只對大型的船隻橋梁等工程熟稔，小的器物他們自認並不專精。這裡處處是可以討教學習的對象，他們不但找到了明燈，更是發現了知音，他們想學得更多，想待得更久。最後當他們都上船了準備離開時，奇肱國的天空突然出現一只木製大飛鳥，我這些夥伴看了又想立刻把船停住，嚷著想長住在此。要不是他們答應了別處的工程，不然可能真的都離不開了。」

大人國的那幾位叔叔，力氣大、手藝好，到處為別人造橋築屋，憑著自己體型的優勢，他們不需要太多工具，就可以輕易完成一般人得費盡氣力的事情。在我眼中，這幾位叔叔已經是高手了，這「奇肱國」的人，到底是何方神聖？他們又做了什麼連大人國的叔叔們都讚嘆的事物？那木製的大飛鳥究竟是怎麼一回事？到底是怎麼飛起來的？還是東海先生眼花看錯了？

「我們要離開時，天空出現的飛鳥，大小就像馬車一樣，前頭有駕車的，後面可以坐兩個人，這是他們製作出來的飛車。飛車沒有翅膀，就如同一般的車子一樣，但是他們在車輪底下裝上精巧的裝置，風灌進來就能把車子托起，車子飛高後如同鳥兒一樣御風而行，避開地面的屏障，再遠的地方都是咫尺而已，只要懂得如何操控，就能快速到達想去的地方……」

聽到這兒，大家忽然靜了下來，鳥兒會飛、風箏能飛，但車子怎麼飛起來？那所謂車輪底下精巧的裝置又是什麼？沒有人想得出來。

「東海先生，奇肱國離這裡地遠天遙，我們根本不可能前往。您在那裡待了這麼久，有沒有帶出他們製作的什麼呢？去不了能看看也好。」車爺爺說完，大家都點著頭。

東海先生想了想，小屋周圍的蟲鳴啾啾啾的叫了好半晌，大家也跟著靜靜的聽了好一會兒。突然，他像想起什麼似的，拿起自己的琴袋，從琴袋上拆下一個像松果一樣的東西。接著，他隨手一拋，這舉動讓大家摸不著頭緒，眾人的視線跟著東西掉落的方向望去。

不可思議的事情發生了：一開始，那掉落的物品沒什麼變化，隔了一會兒，竟然彈出小小的輪子，輪子彷彿有人命令似的，朝著琴袋的方向緩緩挪移過來。在大家的注視中，扣環移動到琴袋上，並且跟袋子上扣環的另一半扣在一起。

大家驚呼連連，這是怎麼辦到的？

「這是奇肱國的朋友幫我做的扣環，由兩個零件組成，一個縫在琴袋上，另一個可取下。取下之後，琴袋就可以打開。我常順手一放，取下的零件忘了放在哪裡，一找就要找半天。奇肱國的朋友知道了，把我的扣環取去加上一些機關，又分別挖了小洞填上磁土，做好之後又隨口安了個名，說這個是『慈母遊子扣』。當『遊子扣』落地之後，要是一直沒撿拾，它就會自動走回『慈母扣』。」

好奇的人試著把扣環扔出去幾次，發現真的不管誰扔出，不管扔到屋子裡哪個角落，扣環都能自己「走」回來，這讓大家嘖嘖稱奇。就在這時，車爺爺突然開口：「您可以在我們虢山待多久呢？」

「等海面風向轉變，船隊會再次經過，那時不管有沒有找到，差不多就要離開了……」

大家都知道東海先生想找我們這裡的桐木製琴，虢山滿山的桐木，還不夠他用嗎？偏偏他要的不是隨意揀選的一段，而是那鳳凰曾經築過巢的桐木。鳳凰曾來過虢山嗎？那是多久以前的事情？似乎沒人在這裡見過鳳凰，要怎麼知道哪棵桐木才是？這樣的要求讓簡單的任務變得困難。

「我們一定盡全力幫忙找，虢山每一棵樹，我們都會去確認。但是，可以請您幫個忙嗎？」

儘管只剩下一隻手臂，但平時也不輕易求人的車爺爺，居然開口求助，難道他希望奇肱國的人，能幫他做出另一隻手臂嗎？

「車兄，但說無妨。」

「您隨便說段經歷，就是我們沒想過的世界。這段暫居時日，能否常常說說這些外地的奇風異俗，讓我們長長見識呢？」

五　桐樹間的鳳凰鳴

站在東海先生屋外，裡頭琴聲錚錚，我們都不知道那是什麼曲子，只覺得聽著聽著躁動的心也能變得平靜。我和鐵釘、小補兒已經站了好一會兒，但我們完全沒想離開，除了樂音讓人放鬆舒緩，還有另一個原因。我們從這裡往下看，山腳的路上，有一排點點的光亮，那光點在漆黑的草叢間顯得特別醒目。那不是螢火蟲，因為光點正緩緩的往這裡靠近。

聽著琴聲、風聲、蟲聲在耳邊繞來繞去，我們好像站在聲音的瀑布前，被種種聲響環抱著。這時，一段完全不同的聲音傳來，那是我們沒聽過的，它感覺起來很不一樣，只是從開始到消失就那麼一小段，讓人不確定自己的耳朵是否真的聽到，我問兩個小孩：「你們剛才有聽到什麼不一樣的聲音嗎？」

鐵釘搖搖頭，小補兒卻點點頭說：「剛剛有一種聲音，好像風吹過破酒甕，跟琴聲不怎麼相同。」此時，屋子裡的琴聲停下來。東海先生似乎發現了我們，他打開門，上山來的村人也正好出現在路口，有幾個人扛著形狀、大小不一的木頭。為了找那段木頭，東海先生曾跟大家說，不需要把整棵樹砍下來給他，也不需要砍伐樹的枝枒，只消取樹底下的枯枝就可以。單單一段掉落的枯枝，要怎麼確定就是要找的那棵樹？我無法想像他會怎麼做。

這天傍晚來到小屋的人，有的用桶子挑了泉水灌滿這裡的水缸，有的送上瓜果，有的帶著做好還熱呼呼的包子饅頭。進屋裡之後，有的為東海先生煮水、泡茶，有的把各家帶的來瓜果甜點找東西盛裝，就像招待客人一樣張羅著。大家在屋子裡忙進忙出，還有的人就是像小補兒一樣，內心雀躍不已，因為他們打算待會問：「東海先生，您看我們帶來這段，是不是您要的？」

昨天十五，今天十六，月色正好，還沒來得及開口，月光搶先從窗外透進來，慢慢爬上了琴袋。自從住進小屋，這琴袋就不再裝琴，東海先生用一根竹子掛起，就放在大廳中。第一次看到這個景象的人都驚訝的張開了嘴。那張被掛著的琴袋，彷彿活過來似的，一點一點的變亮。沒過多久，琴袋上發出的亮光，就幾乎能遍照整間屋子。

「前幾天來的時候，還沒這麼亮。」

「是的，月光越好這琴袋就越光亮，今天不是十六嗎？正是月亮盛極之際，這光自然愈發透亮。過了今天，光芒會漸漸消減，到那月朔之日，就會完全黯淡無光。」

「東海先生，您年復一年、日復一日看著這光景，對萬事萬物一定都看透了，也不會再起波瀾了吧？」

「我離那境界還有段時日，不然我怎麼那麼執著要再找一段同樣的木頭製琴？真正看淡一切的人應該是無欲無求的。」東海先生笑著回應。

小補兒和鐵釘終於能扛著他們找到的那段木頭上前，當他們正想問時，那個小補兒之前說的「風吹過破酒甕」的聲音又在風聲、蟲鳴中悄悄的溜過。屋子裡很多人都在說話，似乎沒人發現。但我注意到了、小補兒注意到了，此時東海先生停住正在做的事情，一副側耳傾聽的模樣，難道他也發現什麼了嗎？

小補兒正想問話，有人先說：「東海先生，您的船隊到哪裡了呢？」

琴袋上有幾個地方特別亮，那是船正在接近的地方。別人看到只會覺得那個點特別的亮，但四處遊歷的東海先生，

卻能知道這個點是哪個地方。只見東海先生靠近了琴袋，盯著上頭看著看著，眉頭卻皺了起來，喃喃自語卻又讓大家聽得清清楚楚：「……不繫之舟怎麼直奔沃野了呢？發生什麼事情了嗎？」雖然看著琴袋，可以知道不繫之舟的大致位置，但畢竟不在船上，那幾位大人國的叔叔們是否發生了什麼事情，在這裡不得而知。大家都聽得出來，東海先生的喃喃自語，似乎不是特別的擔心或掛記，反而還有一點驚訝和期待。

「沃野是個什麼樣的地方？直接去沃野不好嗎？去那裡會有什麼危險嗎？」

「沃野？沃野一定是所有的人都會喜歡的，多年前因緣際會，得知天底下居然有這樣的地方。我總是想盡辦法要多去幾次，可是也不是每次都能得其門而入。沃野是我去了就不想離開，想永遠待在那裡的地方⋯⋯」

東海先生這麼起了開頭，他一邊在琴袋上比劃著，一邊說著：「⋯⋯從這裡開始行船，過了奇肱國之後，從常羊山一路到窮山，越過窮山這一處的海中島嶼，就是沃野的大致位置。為什麼我要說『大致位置』？各位一定覺得事有蹊蹺，這不是我誇大其辭。過了窮山之後的河海交流之處，永遠是雲霧飄渺，細雨紛飛，幾座山在海中忽隱忽現，就像是人間仙境一樣。很多人慕名而來，希望能到這裡一窺究竟，只是沃野的居民不喜歡外人靠近，他們想盡辦法，杜絕人們到此來『尋仙』的念頭，決心讓世人找不到這塊樂土。」

「天下的河川都匯聚到大海，海就在那邊，無邊無際的，要怎麼讓別人不靠近⋯⋯」

有人這麼問，大家都點點頭，因為大海如此汪洋浩瀚，從來沒聽過能避免別人上岸的方法。村與村、縣與縣之間，可以設圍籬或城牆，挖一條護城河，派個人守在城門；國與國之間，可以在兩國的邊界設立路障，派重兵防守，不讓別人越雷池一步。但是，從來沒人想得到，怎麼在大海畫上界線，不讓別人接近。

聽東海先生說，沃野的居民懂得善用珍禽異獸製造天然屏障，他們從西山系一帶，抓回濛水流域特有的蠃（ㄌㄨㄛˇ）魚，克服種種的養殖困難，讓這種魚也能在沃野沿海生長。蠃魚的顏色漆黑，魚鰭像翅膀一樣華麗而龐大，它不僅模樣像隻鳥兒，還可以像鳥一樣從水面躍起飛一小段，像鳥一樣邊飛邊鳴叫，那叫聲像是鴨子又像是小狗。由於蠃魚總是在海中游著游著出其不意的就「飛」了起來，飛著飛著又會潛入海水中，每次飛起時，嘴裡會咬著剛剛抓到的小魚，像炫耀似的

不急著把魚吞下肚，任由小魚在嘴邊跳動著。許多人看見了，還以為看到的是漁家養的「烏鬼」——那種專門幫忙抓魚的水鳥。

鸁魚群聚出現的地方，常會下起大雨，雨大到造成水患。沃野的居民在沿海養了鸁魚，就是希望這裡總是下雨下個不停，讓船隻無法看清，也無法靠近。

「既然嬴魚在哪裡出現，哪裡就要鬧水患，難道那裡的人就不擔心嗎？」

東海先生是這麼告訴大家的：「嬴魚離開濛水來到他鄉，也像人一樣犯了水土不服的毛病，那興起大雨的能耐似乎就變小了。在濛水之處可以一連幾個月下傾盆大雨，到這裡就只能日日夜夜、滴滴答答的下著半大不小的雨。這種雨與不了災難，就是一道雨做的簾子似的，讓這裡總是煙雨朦朧，船隻在雨中看不清這裡是否有陸地，保險起見大多會筆直前行，不會繞進去，這也就達到當地人想要的結果了。」

「原來蠃魚只會興起小雨小風，萬一有人摸清了它的脾氣，執意冒著風雨前行，一心想來這裡一探究竟，那該如何是好呢？」

東海先生說，那裡的人也想到這點，他們在水面找來了蠃魚，又在山上放養了夔(ㄎㄨㄟˊ)牛。夔牛是一種在流波山才有的獨足牛，沃野的居民特地引來這裡放養。據說最早的一對，還是請奇肱國的人帶過來的。舉國單臂的奇肱國人士，有一次乘著自己做的飛車，一飛幾千里遠，居然就來到東海的邊界。流波山就在那裡，從來沒人登上山過。奇肱國的飛車落下之後，發現雷聲不斷，黑夜中樹林裡燈火通明。他們以為就要下雨了，要找地方躲雨時，就看到山上獨有的夔牛。夔牛全身是青黑色，頭頂沒有角，體型龐大，單足卻能在流波山上行動自如。看到這單足牛在山野間暢行無阻，奇肱國的朋友們，頓時升起惺惺相惜之情，雖然一時沒把夔牛帶回自己住處豢養，但心中總是惦記著這種奇獸。

夔牛喜歡成群結隊行動，興奮時身上會發出強光，叫聲不是一般牛隻的「哞哞哞」，而是如同雷鳴一樣的「轟隆轟隆」。夔牛在山野中「轟隆轟隆」叫的時候，雖然聲勢驚人，但還不會喚來風雨。只有當牠們從陸地走入海中嬉戲，才會為周圍帶來狂風暴雨，這時遠處的人們看到的就是陣陣雷鳴，以及海面上興起的狂風巨浪。

沃野的人原本找奇肱國來設計機關，希望能將沿海的陸地通通圍起來，防止太多好奇的人想靠岸。奇肱國的人雖然心靈手巧，但也想不出怎麼能將沿岸通通加上屏障？若是築牆，那牆得多高？才能讓人無法翻牆一探究竟？難道能如同陸地城市一樣，挖個「護城河」？這都已經是海邊了，整個大海難道比「護城河」還不濟嗎？

當奇肱國獨臂人來這裡探查時，知道沃野居民已經在海中用嬴魚布下了雨簾，突然靈機一動，想到那流波山的獨足夔牛，能爬坡又愛玩水，讓牠們不時在水邊興起雷鳴閃電、狂風暴雨，豈不妙哉！夔牛就這麼被特地帶了過來，沒想到牠們居然很能適應這裡的環境，順利的在這一帶繁殖成群。牠們成天在水邊嬉戲，要是有船隻衝過了煙雨朦朧的雨簾，想靠岸時就會遭逢夾雜著閃電、打雷的暴風雨，當然會立刻回頭，儘量避開。萬一真的上岸了，外地人在山路間遇到夔牛，一聽到那吼聲、一看到那閃光，十之八九都會以為遇到什麼怪獸，不需要下逐客令，大多立刻嚇得夾著尾巴逃走。

「這些人都設了那麼多關卡，極盡全力阻擋外人進入，那為什麼你們能得天獨厚？」

「說來這也是誤打誤撞，看到風雨濃霧，我們本來也像其他船隻一樣，就過門不入。那些大人國的船隊行船相當謹慎，從來不會冒險衝破風雨陣仗。要不是我之前親身經歷過那不可思議的奇遇，讓我堅持非要親自去一次沃野不可，他們真的是為了我勉強而行。然而假如沒有那第一次造訪，就不可能有那之後多次的路過。幸好我的獨斷沒為船隻帶來損傷，很幸運的是，當我們的船真的硬衝過那贏魚興起的風浪，本以為至少得搖晃動盪好一陣子，沒想到居然剎那間風停雨歇，海面上平靜得如同一面光滑的鏡子。事後我們才得知確切的原因，你們知道為什麼嗎？」

前一刻狂風暴雨，瞬時風平浪靜，這是什麼原因造成的？只有妖術才能做得到吧？大家當然都想不透。

「多虧我那些大人國的船夫，他們建造那艘不繫之舟，船帆用的是鮫人的織物。沃野在更久之前，尚未豢養嬴魚和夔牛時，當地的人曾重金禮聘氐人國的鮫人過來。當船隻將要靠近時，這些鮫人就開始唱起迷航之歌，讓船上的人聽得心神恍惚，各自有了不同的念頭：有的心思變得傷感迷離，希望能儘快返家，不要再這麼漂泊海上；有的卻升起恐懼絕望之情，把眼前的海域看成精怪聚集之地，只想速速離去。不管哪種想法，都能達到驅離的目的。只是鮫人戀家，他們並不想離鄉背井太久，後來大部分的族人都離開了，當地只留下一位年紀最長、無法返鄉的長老。那天，我們船帆上的孔洞發出聲響，那位氏人國長老一聽是熟悉的聲音，以為故鄉的夥伴來接他了。所以，我們的船隻靠近時，當地是一片風平浪靜，這也讓我們能一睹這鮮少有人能來到的傳奇勝地。」

種種誤打誤撞的巧合，讓不繫之舟能登上東海先生心中的人間仙境，只是還是沒人知道，那裡到底是怎樣的地方？東海先生到底之前遇到怎樣奇異的事情，讓他非去一趟那裡不可？這時，響起了一小段那個之前我和鐵釘、小補兒聽到像是「風吹過破酒甕」的聲音，只不過這次大家都聽到了。那聲音不像蟲鳴、不像風聲、不像流水聲，也不是樹枝搖晃發出的聲音，到底是什麼？有人問了句：「咦？東海先生，這像樂音，可是您沒彈琴呀？」

只見東海先生眼睛似乎亮了起來，他微笑的說：「這就

是鳳凰！」

「鳳凰？不可能呀，我們虢山從來沒出現過鳳凰，也沒人見過牠模樣。鳳凰，不是應該出現在丹鳳山嗎？那裡離這裡可遠著呢？鳳凰能飛這麼遠嗎？」

東海先生還是很篤定的說：「有的，這就是鳳凰鳴叫，我已經連著好幾晚都聽見了……」

六 通往彼方的建木

我從小在這裡長大，不曾聽過號山有鳳凰，難道在我離鄉這幾年，這裡變成了鳳凰窩？之前，有位書生到招搖山找師父，那位書生原本是個私塾老師，說他不知為什麼有了歹念頭，覺得自己再也不適合傳道、授業、解惑，急著上山來找師父幫忙。師父給的方子裡，就包含要他繞到丹鳳山，取得一隻鳳凰好好飼養，說只要天天看著鳳凰，心中再多的惡念，也會慢慢消失。因為鳳凰身上的花紋藏著德、義、禮、仁、信這五個字，代表著美好的品格，每天看這種鳥兒，自然就薰陶成一名謙謙君子。當時那位書生聽得很認真，他一定覺得獲得真正的解藥，以後可以不再被心魔困擾。我不太懂這個道理，那時就想知道，為什麼一定得是鳳凰才能帶來這樣的改變呢？其他的鳥兒不行嗎？隔年爹娘來招搖山看我時，帶了一隻每天都能下個蛋的小蘆花，牠清晨能像公雞

一樣扯著嗓子啼鳴，每天下蛋之後咯咯咯的來報喜，我看著牠，就算不是鳳凰，心情也能立刻變好。

那似有若無的樂音不時出現，聲音滑過，就算只有一剎那，我都看到東海先生臉上似乎在微笑。

這時，屋子裡的人開始分享自己帶來的東西。

「這些桃子看起來又大又甜？很不一樣吧！」王叔捧著籃子要大家一人拿一個桃子，不就是桃子嗎？能有什麼特別呢？每家每戶都會種幾棵果樹，想吃什麼都能自己採摘，桃子一點也不稀奇。

「吃一口看看呀，這很不一樣的！」王叔不僅分送，還不斷的邀請，那舉動讓每個拿到的人不趕緊咬一口，就好像對不住似的。我常吃桃子，招搖山上不時有人送來大大小小、滋味不同的桃子，這一籃吃起來的確好吃，但是桃子不就是桃子？

清脆多汁的桃子，我吃了大半顆了，終於有人幫我問：「王大哥，我們有些人是知道這桃子的來歷，但這裡總有人不知道呀，你要不要自己再說一說？不然一定有人心裡想著：這不就是桃子嘛，有什麼好稀奇的。你可就坐實了那句話──『老王賣瓜，自賣自誇』。」

說話的人是邱叔，我認得他，他就喜歡用一兩句俏皮話。

「我問你們，這桃子好吃嗎？」王叔還只是笑著沒回應，邱叔就忍不住先問大家。

大夥兒全都點點頭。

「那我再問一句，現在是什麼季節？看到正新鮮的桃子，各位難道不覺得奇怪嗎？」

邱叔這麼一說，我也才想起，我們這裡的桃子，大多在夏天結束前就已經收成過了，這次回家之後在自家園子裡，真沒摘到半顆桃子。王叔的園子是怎麼一回事呢？瓜果都不按照時節生長嗎？

「你看，現在知道這桃子稀罕之處了吧？王大哥，你就快說吧！」邱叔邀功似的說著，就像沒有他，大家就不能知道關於

這些桃子的祕密。

王叔終於開口了，他的聲音很低，那麼低的聲音，聽起來就讓人覺得說出來的一定是千真萬確的事情：「這桃子皮薄肉甘甜，長出來的果實跟村子裡種的不同，沒人知道這是什麼品種。怪的是果子不理人間四季的變化，一整年都能結果，果熟摘下嘗鮮，永遠是那麼好吃……」

有人邊大口咬著果肉邊說：「早聽說這棵怪樹，但我還是第一次嘗到樹上的果實，真的好吃極了！等等大家吃完別扔果核，我把果核通通帶回去，先用鐵鎚敲碎硬殼，再取出裡頭的果仁，等它們發芽之後，整個村子到處種，咱們這裡就有吃不完的桃子……不是說一年四季都可以採收嗎？以後就算是遇到飢荒，都不用發愁了。」

王叔搖著頭說：「你以為我沒想試過嗎？等你敲開果核就知道了，裡頭根本沒有果仁，這兩三年我不知道用了多少方法，這果樹種子就是種不出來，壓條、插枝都無法成功。我想可能是因為它來自那座不知名的奇山。」

王叔說三年多前的冬天，村子裡一如往常，草木不容易生長，也沒什麼農事可做，他們一行人便往荒漠區獵捕橐（ㄊㄨㄛˊ）駝。之前村子裡的確有人這麼做，只是這一路危機重重，會走這麼一趟的人被大家視作勇士，真正敢冒險犯難的人並不多。

整個虢山地區很廣，我們住在南邊，是有著青山綠水的山村，從我們這裡走到虢山尾端，有四百里這麼長。這麼狹長的地區，每走幾十里就換一種地貌，每一區會出沒的禽鳥獸類也都不同。邱叔他們要獵捕橐駝得往北走，那裡越走越荒涼，是毫無遮蔭的荒漠，據說一眼望去漫漫黃沙，走一整天看到的都是同樣的景象。假如夏天去，那裡的高溫很少人能克服，補給再怎麼帶都不夠，獵隊去泰半九死一生。雖然冬天裡的荒漠日夜溫差依然很大，但至少比盛暑酷熱舒服得多。

「那時聽你說起，我躊躇著該不該跟著去，沒想到隔沒多久，就聽說你們早出發了……真的是『坐而言不如起而行』，你們真的去成了！」

「要不是家母那年秋天過後大病一場，我也不會去冒險。那時家母病癒後還是病懨懨的，大夫看了幾回都沒能改善。有人說橐駝肉最能滋補，我就是抱著那一絲絲的希望前去。」

「你們抓到幾隻橐駝？」這才是大家最想知道的。橐駝全身都十分珍貴，說是能補氣益血、強壯筋骨，還能回春不老。據說肉的味道很特別，比魚肉鮮甜，比豬肉肥美，咬起來很有嚼勁。最特別是牠背上的兩座山，那是牠的駝峰，無論烤、煎、炒，都是絕美的味道。大家都把駝峰當成重禮送人，因為它有活血消腫、祛風解毒的效果。爹娘說我年幼時大小病不斷，也吃過珍貴的駝峰，不知是爹娘爺爺奶奶們的祈願實現，或是廟裡住持說的預言，還是那塊駝峰，或者什麼奇特的祕方，總之後來我就慢慢的好起來。

不過，王叔似乎不想直接回答這個問題，他依舊沉聲靜氣緩緩的說著：「……野生橐駝總是一大群走在一起，牠們的聲音出自丹田，非常低沉，當牠們一同叫起來，那聲音像是地底傳來似的，不管是周圍的空氣，甚至連沙土都會跟著震動。別人都說只要進入荒漠區，就能聽到橐駝的聲音，只是我們那次運氣不好，一路上沒看到半隻，途中靜悄悄的，只有風吹過的聲音，這跟之前別人說的狀況很不一樣……我們一行人日日夜夜前行，一眼望去看到的都是平沙遍野連著蒼天，日子過得都分不出哪年哪月了。大約走了十天，就快撐不下去了，那天夜裡特別冷，荒漠下了拳頭大的冰雹，第十一天的清晨，在黃沙地盡頭長出一棵大樹……」

「等等，等等，怎麼可能？你剛不是說走了十天都是平沙遍野，那棵樹怎麼可能突然冒出來。」

「這就是我們怎麼想都想不透的事情。荒漠一望無垠，視野極好，倘若有棵這麼高大的樹在前方，六個人十二隻眼睛，怎麼可能無人察覺？我們分別帶著自家的騾子，載著一箱的靈壽木，每天入夜後把騾子栓在一起，再把靈壽木組合起來撐個棚子。那一夜，布棚外那冰雹劈哩啪啦，好像有什麼鬼怪在上面跳來跳去，夾著狂風，把棚子東拉西扯的，甚是駭人……」

靈壽木真正的名字叫「椐木」，是我們號山特有的樹木，八九尺高而已，樹幹上如同竹子一樣有節，所以特別堅固。椐木之所以被叫成「靈壽木」，是因為最需要這種樹的，都是村子裡的老人家。椐木的枝枒從頭到尾都一樣粗，樹皮光滑透著香氣，長在樹上的枝枒，每一枝的末端都會自己往回長，轉個小小的彎，在樹上就彎出一個小鉤子。村子裡的老人家需要枴杖，隨意挑一枝砍回家，只要擷取適當的長度，就可以直接拿來用。而因為每一根枝枒都有個小彎鉤，彎鉤之間彼此套住，用痲繩固定好，再鋪上帆布，這樣在野外就能撐出一個可容身休憩的棚子。

「我們在棚子裡一整夜難眠，直到外頭的聲響沒了，棚子不再搖晃，瞥見縫隙透出了光。大夥兒才走出棚子，就看到樹矗立在眼前，是一棵非常高大的樹……」王叔說到這兒，坐在角落的柳叔突然激動的站起來，忘形的喊著：「真的，那是一棵高得看不見頂端的參天大樹，仰頭看著就是直通天頂……」

王叔一直和緩平靜的說著，被柳叔突然激動的插話，大家都嚇了一跳，原本都沒人特別注意到他。這時，王叔順勢這麼說：「小柳，你也是我們那六個人之一呀，你來說一說，別都是我一個人獨腳戲。」

柳叔站起來，他有銅鈴般的大眼睛，說話的聲音宏亮，神情依然是十分驚駭，邊說那大眼睛就越睜越大，就像看到什麼一樣。

「我們連看著十天都是黃沙遍野一望無垠的景象，那天一早從棚子走出，大家都驚訝的說不出話來。那棵大樹真的是碩大無朋，說它像一座山在眼前也不為過……」

柳叔還沒說完，就被人打岔了：「這怎麼可能呢？我想是你們連走十天都看不見其他事物，必定是心有所思，所以就出現了幻象，你們看到的會不會只是『海市蜃樓』？」

很多人聽了點點頭，我也點了點頭，內心知道這的確有可能是「海市蜃樓」。小時候我因為身體不好常常生病，一病起來又哭又鬧很難入睡，娘總會邊哄著我邊說她聽來的鄉野傳奇，「海市蜃樓」就是其中一個。她說從前有個漁夫，在河海交界處捕魚，很幸運的一網就撈起一隻龐大的蚌，大得幾乎跟他的船一樣。想到這麼大的蚌裡頭一定有豐厚的肉，漁夫與奮得不得了。但是當他把蚌拖到岸上，正要想辦法打開時，大蚌噴出一口氣，漁夫一下子就昏了過去。等他清醒時，發現前方的海面上，懸著一座城市。雖然距離遙遠，但可以清楚看到城市裡的房子一幢幢緊緊相連，好像箱子一樣疊得高高的；那城市街道不僅熱鬧，裡面的人模樣也極為奇特：披著金黃色的頭髮，如同初生的鳥羽，鼻子高挺、眼珠子竟然是藍色的！那人看呆了，想著怎麼有座突然冒出來的城市，那裡的人到底是怎樣的人？這時，街道上一名美女揚起頭來，對著他微微一笑。那人居然就被這美女迷住了，顧不得那懸在海面上的城市其實事有蹊蹺，開始往海中奔跑……

我記得那時緊張的問：「後來呢？那人去到那兒了沒？」

「往波濤洶湧的海中奔去，那人當然是沒命了。小難，這種海市蜃樓是虛幻的，你以後做事情，也要記得腳踏實地啊！」

這時，我兩邊的衣袖都被扯了幾下，鐵釘和小補兒一人拉著一邊，他們小聲的問：「那個叔叔說什麼？是賣魚的市集嗎？還是什麼樣的市集呢？」

我小聲的回應：「不是的，『海市』雖然有個『海』，但是和魚完全沒關係，等等再跟你們說……」

小補兒他們雖然還弄不清什麼是「海市蜃樓」，但更想知道柳叔會怎麼回應。果然，聽到別人的質疑，柳叔急著強調：「是真的、真的，是真的！假如是幻景，那怎麼能真正走過去呢？那棵大樹散發著奇特的香氣，我們所有的人都聞到了。我是第一個看到的，嚇得大叫其他人出來，我們就這麼看著那棵大樹，魂魄像被什麼勾去一樣，有人說『是禍是福躲不掉，去看看吧！』居然也沒人反對……」

柳叔描述那樹有多高，說那樹真的太高大了，仰頭看不到樹頂，被天空中的雲朵掩住；也因為看不到樹頂，無法估計這樹到底有多高。樹幹如同通天柱一樣，直到半天高的地方，才分出些枝枒。這樹像鬼魅一樣突然出現，於是他們一行人，最後決定繼續往前去探個究竟。

柳叔說他們又走了半個時辰，在接近大樹半里之處，原本腳底平坦的黃沙地就變得凹凸不平，那是盤結交錯的樹

根把地面隆起。等他們真正靠近這棵樹時，發現樹身是深深的黑紫色，樹幹上有幾個芽眼冒出綠油油的葉子，有幾片葉子中還夾雜著黑色的花朵，花朵散發著濃郁奇異的香氣，香得讓人聞著發暈；地上有幾顆掉落的果實，像蛋黃一樣的顏色，同樣的也是香得有些詭異。巨大的樹幹堵住前行的路，他們只好往上走……

「樹幹凹凸不平，走在上面就像走在山路上一樣，只是這山路很陡，沒法子騎騾子上去，只得把騾子留在地面，手腳並用慢慢攀爬。費盡九牛二虎之力，好不容易走到第一個樹枝分岔，那岔出去的地方居然像一座山凹。那時也沒多想，樹枝分岔出去怎麼會像個有人住的地方？這根本不合理呀！只是我們實在又累又餓，想找個地方歇息，就往山凹裡走……這些桃子，就是那裡來的，那裡的人長像跟常人不同，大呼小叫的跳著說著，聽起來像是說『又言』、『有眼』還是什麼的，那些話我們根本就聽不懂。不過他們似乎相當和善，給了我們一大堆的桃子。」

走在荒漠，看到奇異的大樹，從樹上走到陌生的山凹，遇到奇特的人，還吃到美味的桃子，這一連串的事情都讓人匪夷所思，大家都很想問的是：「這是真的嗎？」只是柳叔說得那麼真切，又容不得人半點懷疑，哪能問什麼呢？終於有人開口：「後來呢？你們到底有沒有抓到槖駝啊？」

對呀！剛剛不是說追捕槖駝嗎？怎麼跑到那異地山凹裡吃起桃子了呢？只是柳叔沒有馬上回應，他接著說：「那地方的人實在過於怪異，當我們在吃桃子時，他們忽然發出笑聲，接著一齊向後倒下，那整齊往後，一排同時倒下的情景，讓人真是嚇壞了！」

柳叔說話時唱作俱佳，大家像聽說書一樣，一下子驚，一下子喜。王叔這時接著告訴我們：「當我們想靠近查看是怎麼一回事，那些倒地的當地人又同時跳起來，嘻嘻哈哈的，呼喊著『悠——煙——悠——煙——』像是在叫誰的名字一樣，朝著我們奔過來，把我們都嚇著了。我們倉皇逃出，不知怎麼就走進了原本的黃沙荒野。一陣濃濃的沙塵落定後，眼前竟是我們捉捕十天都毫無所獲的橐駝，那次我們收穫豐碩，抓回兩頭大橐駝。」

會發出「悠——煙——」的叫聲、愛笑、又會跟人惡作劇的，我想了想，這不是跟我們剛剛送回去的幽鴳一模一樣嗎？但幽鴳在邊春山，怎麼會跑到號山尾的荒漠區？這些都讓人費解。

我問王叔：「您說那裡的人，是不是長得像猴子呢？」

王叔點點頭說：「沒錯沒錯，正是瘦得跟猴子一樣的一群人！」

「他們的臉是不是白色的？兩頰黝黑？身上是不是有著豹紋一樣的斑爛紋彩？」

「是啊，小難你怎麼知道呢？我們原本以為他們穿著花衣服，近看發現那是天生的皮毛，正懷疑他們到底是人是獸，又想到會主動親人，還送我們食物，猜想應該是人才對。」

「您是否注意到他們有沒有尾巴呢？」

「有的，他們不但有尾巴，那尾巴尾端還分岔，看起來詭異極了！咦？小難，你在招搖山見過這樣的人嗎？怎麼你說得好像見過似的，難道你知道那是哪裡？也知道那是什麼？」

大家的眼睛一下子往我這裡看，我不知道該不該照實說？那白臉黑頰斑紋身，會不會就是在雪地裡被送到藥鋪子的「幽鴳」？因為牠的叫聲就像牠的名字一樣，我在藥鋪子照顧牠好一段時間，對這聲音熟悉極了，幽鴳也跟著我們登上不繫之舟，又跟著我和東海先生登上幡然號，這趟就是特地要把牠送回邊春山的。

當時師父說幽鴳是很懂得禮節的獸類，即使採摘野果也會排隊而行。牠們對人友善不怕人，只是有著頑皮的天性。那時李其縣官的幾個僕役在半山上捉到一隻，師父想不通這是怎麼來的，因為牠們只在邊春山，之前不曾在別處出現蹤跡。當時只能推想是某隻頑皮的幽鴳，搭上往來的客船，就這麼一路去到招搖山。現在聽王叔、柳叔這麼說，難道邊春山連著那神祕的大樹，讓幽鴳可以出現在意想不到的地方？

「大家吃完桃子都直接扔了，我家院子種的那棵桃樹，是因為剛好有一個桃子放得忘了吃，都蔫了。我隨手整顆埋進土裡，就長出這棵四季結果的桃子。也只有那個從當地帶出來的可以長大，其他的都沒能種得活。」王叔這時這麼補充。

之後好一會兒，屋子裡很安靜。大概那通天大樹太難以想像，樹上出現的山凹又太過於離奇，大家都不怎麼相信。不過，嘴裡啃的桃子是那麼的香甜多汁，到底這群人捕捉槖駝時遇到的事情，是不是真的？

「王兄、柳兄，不是我不相信兩位所言，只是這遊歷太過玄幻，真的讓人難以置信……」

這時，東海先生的聲音響起：「這是真的！那棵巨木叫做『建木』，我就是通過建木到沃野的……」

七 雲遊起於嵯丘

切。

東海先生用好幾回的時間，慢慢告訴我們關於沃野的一切。

沃野是怎樣的地方？那得先知道為什麼東海先生對這個的地方念念不忘。

琴袋風帆右下角有一個珠光般的小點，這個點乍看跟其他的點沒什麼不同，但要是仔細看，會發現點的顏色比較深，那是東海先生的故鄉——君子國。我想，這些年東海先生不在家鄉，一定也有很多次站在這琴袋前端詳，想著家鄉的種種；也一定有多次指著代表故鄉的那個小點，想像著自己就快要回家。小點沾上了指頭的汗漬，顏色就變得跟其他的不一樣。

「『君子國』通常別人是這麼稱呼，我們自己不敢這麼誇耀，會說自己是『蕩蕩之民』。」

東海先生說，在他的故鄉，有一種特有植物叫做薰華草，說是「草」，其實長出的花是淺紫色的漂亮大花，太陽初升時花朵開始綻放，正午時分燦爛盛開，每一朵都比巴掌還大。這裡的人屋前屋後種了許多，他們會在正午時分就把花朵摘採下來，不是因為貪戀花姿，想留著觀賞，而是準備送進廚房，當作下一餐的菜餚。薰華草若不在正午時間採摘，午時之後就開始凋萎，若是太陽下山，灰暗的天透著月光之時，那薰華草的花枝，就會只剩完全枯黃的殘枝。薰華草一朵朵的帶著清香，無論煎煮炒炸都好吃，搭配什麼食材都能料理，君子國的人都喜歡吃這種菜餚。也許是吃多了這種朝生夕死的植物，這裡的人多少都參透了對生命的想法。每個人天生就從骨子裡長出了向善向上的特質，都以保持良好的修養為最大的珍寶，永遠是坦蕩蕩的面對所有的人與事，假

如有什麼事情做了可能事後會懊惱或傷神，就絕對不願意去做。在那裡不需要什麼戒律規定，每個人心中都有一把尺，要是過不了自己那把尺，再大的利益也不可能去做。人人也都有自己的行事準則，即使沒人在一旁監督，也不可能做出虧心事。這裡的人只要求自己這樣，並不干涉別人，他們不會墨守成規，會因應不同的狀況改變，也會為別人著想，給人方便。

「我們深信相由心生，也希望讓人看到最好的一面。在我們那裡，只消看看那個人的衣著，就知道他今天的狀況怎麼樣了。大部分的人只要出門，都會注意自己的衣著，穿得整整齊齊的，讓自己保持良好的狀態，不要讓周圍的人擔心，這也是我們會注重的禮貌。要是有人那天穿得不得體，別人會認為他生病了，或者認為他遭遇到麻煩了，大家會主動去幫忙……」君子國的人最怕帶給別人麻煩，他們天生就謙恭有禮，不用教導就會每天認真的反省，就怕自己在德行上有絲毫的退步。

「外界對我們誤解就是，以為我們總是一派和氣，從不爭吵。其實我們那裡也常有爭吵，只是爭吵的原因，往往讓外地人費解。我們也不解為什麼別人不為這些據理力爭，事情不就應該那樣才對嗎？」

東海先生說起他們那裡爭吵的原因，果真屋子裡的人是又讚嘆又搖頭。他們為著什麼爭執呢？

例如，有人買了一塊布回家，發現布料質地太好，覺得自己付的錢不足，會立刻拿著錢來市集找那位布販子。

「您的布足又厚又扎實，剛剛您賣得太便宜了，我過意不去，特地來補足銀兩。」這麼說的人，一邊打躬作揖，一邊把手上準備好的銀兩遞上。

只是，對方通常是據理力爭：「貨物出門，概不退換，當然沒有再多收錢的道理，就別為難我了！」

這兩個人可以在市集為著幾文錢推來推去，直到有人出來說「公道話」，對著小販說：「人家特地從家裡趕來市集，你多少收一點吧？」又對著那個來補銀兩的人說：「做生意有做生意的難處，人家不是都說『童叟無欺，貨物出門概不退換』您這不是故意為難別人嗎？要是人人像你一樣，通通這麼過來要補上銀兩，商家還敢開門做生意嗎？」最後，通常是收一半，兩方才能勉強結束爭執。

在君子國，每個人都會至少一種技藝，有的精通射箭、有的擅長書畫、有的通曉各種祭祀的禮儀、有的能駕駛各種不同獸類拉的車子……即使個個身懷絕技，但他們依舊態

度謙沖，總覺得人外有人、天外有天，自己永遠有不足之處。在那裡無論誰對誰說話，都彼此相互尊重，客客氣氣的。

「像我這種會古琴的，在我的故鄉，不知有多少。他們每一個的琴藝都比我高明，所以我從年輕的時候開始，都想著要怎麼效法那些真正能

彈奏出行雲流水的前輩……」

年輕時的東海先生求知若渴，家鄉會彈琴的人他都一一請對方指點，即使這樣他還是覺得不足，他常常背著自己的琴袋出門，希望遇到那些能告訴他怎麼彈奏出真正美妙琴聲的高人。

「那時我還沒跟

上大人國的船隊，而是花了半年的時間，先來到這裡，這是我開始遊歷的第一個點……」東海先生指著風帆右下角的邊緣，也就是整個海域的東南角。

「我走山路，騎騾子，跟著當地的人坐高空溜索渡江，歷經波折才來到這。這裡連著幾座小山，越過山頭就是不同的國家。最邊邊角角那兒是『嗟丘』，由兩座山夾著的低窪谷地，谷地並不是肥沃的濕土，而是貧瘠的礫土。不過這裡似乎得天獨厚，蓬勃生長著許多不需要太多養分和水分的果樹。單單靠著土地長出的作物，那裡的人就能過上豐足的日子……」

東海先生娓娓道來，他說嗟丘那一帶有很多別處看不到的植物，其中「甘柤」和「甘華」兩種樹，被當地的人當成「歡樂之樹」。這兩種植物外型恰恰相反，卻又一定會長在一塊，彷彿兩個個性完全不同的朋友彼此提攜。甘相筆直高大，有紅色的莖幹，淡黃色的花朵，葉子又細又長像一把劍，成熟時的莖幹轉為赤黑色，嚼一嚼味道甜得像蜜；甘華莖幹彎曲纏繞，攀到什麼就會繞一圈才繼續往上長，青綠色的莖幹一路糾結著，開著淺紅色的花朵，葉子周圍滾了鋸齒邊，模樣如同一顆心。甘華的果實剛結實時是青綠色的小圓珠，慢慢的長成淺紅色、淺紫色、深紫色，最後是一串串、一粒粒寶石般大珠子，嘗起來酸中帶著甜。

無論甘相或者甘華，都很適合釀酒，嗟丘的人很會釀酒，也會品酒，他們熱情又好客，有人來到，必定給予最好的招待，光是喝個酒，都得做足功夫。從倒酒、溫酒、擺放酒杯、端給客人……每一個步驟都有該做的儀式，一丁點都不願馬虎。只要到那兒就會受到熱情的招待，大家一起喝酒，一起唱歌跳舞，那裡的夜晚都是如此的歡騰熱鬧，用這兩種「歡樂之樹」釀造的酒，能讓氣氛愉快而輕鬆。當地的人不曾特別誇耀自己有些什麼，但那隨時願意接待任何人的氣度，總有著讓人心悅誠服的氣勢與派頭。

「你知道他們為什麼有這樣的氣度嗎？」東海先生問大家，當然沒人能回答。

原來，這山谷裡的人全是少昊（ㄏㄠˋ）的後代，少昊是黃帝的長子，黃帝有那麼多的子嗣，但長子可就這麼一個呀！據說少昊出生時天上的雲朵如同織錦一樣的華麗多采，他的哭啼聲召喚了五隻顏色不同的鳳凰，這些鳳凰在房間外守候著。剛出生的少昊一哭，鳳凰就和唱著，美妙的鳥鳴據說聽過的人都會變得不一樣：柔弱的變得剛強，膽怯的變得勇敢，悲傷的轉為歡喜，頹喪的能重新振奮。屋外是稀有的鳳凰，屋內是粉雕玉琢的新生兒，黃帝心裡的歡喜難以言喻，這孩子得到所有的祝福。

為第一個孩子取名，當然不能馬虎，一定要取一個能為新生兒帶來好運的名字，跟所有的父親一樣，就算是他貴為「黃帝」也傷透了腦筋。據說，黃帝向窗外看，從地面看到天空，從江河看到山巒，來祝賀的其它部族首領們都在等。黃帝苦思著要說出什麼話，但只要他一開口，這個孩子的名號就會定下來，從此四海五湖、上下天地中所有的人，都會用那個名字喚他，因此，每個字都要慎重啊！

這時，屋外那幾隻守候不去的鳳凰唱起了歌，歌聲之華麗使人彷彿看到了昇平景象，這讓黃帝想到另一個部族的首領，令人十分尊敬的太昊。他希望孩子日後能跟偉大的太昊一樣，既聰明懂事又有仁慈之心，成為一名好首領，所以就把新生兒取名為「少昊」。而太昊用飛龍當圖騰，在他的領地處處可以見到龍紋旗幟。黃帝期望孩子跟太昊一樣厲害，也剛好孩子出生就有鳳凰來儀，那就用鳳凰當圖騰吧！

不過那是很久以前的事情了，現在嗟丘的人當然沒人真的親眼見過少昊，但是大家都津津樂道。當時的世界跟現在不一樣，他們對自己的祖先有滿滿的驕傲。在傳說中，少昊能讓鳥兒們聽話，他能讓鳳凰聽令，請來燕子掌管春天，伯勞掌管夏天，鸚雀掌管秋天，錦雞掌管冬天。在他的領地，只要鳥兒自在的飛翔，就是太平盛世。

嗟丘到處都是鳥兒，很多不知名的鳥兒在樹上築巢。牠們吃樹上的果子，歡聲鳴叫讓人心安。這裡除了各種的果實，還長著一種莖稈柔韌的枲麻，枲麻葉子可以當飼料，樹皮取出的纖維，彈性十足不容易斷，可以做成琴瑟的弦線。處處樂音、人人懂得琴藝，當然也是那裡的特色。

「我在嗟丘待了很長一段時間，反覆測試，學會怎麼做更適合的琴弦。換上新做的弦，原本的琴聲多了厚度，變得非常不一樣，也變得更好聽。我彈奏時鳥兒就在旁邊，那稀有的鳳凰也曾出現。我敢這麼說，假如性格浮躁的人，在嗟丘待上一段時間，自然就變得平和謙沖。我一直以為嗟丘就是世界上最好的地方，直到我去了沃野……」

從春天到秋初，東海先生都待在嗟丘，之後他從嗟丘出海，一路往北，第一個抵達的陸地就是大人國，不繫之舟的叔叔們來自那裡。從大人國出發，再往北行走幾天，就是東海先生的故鄉——君子國，兩地距離不遠。大人國不但人高馬大，當地的植物長得也比其他地方快，他們各個都是高明的工匠，但誰也不會跟誰較量，不但是個子高大，心胸也十

分寬大。

「我那時剛離開嗟丘，路過大人國準備回家，聽到有一組船隊的新船正要下海，船建得很漂亮，船隊的人會到不同的地方進行工事，打算趁著秋風起開始航行。新船首航筵席上，我跟船隊的幾個夥伴一聊天就覺得氣味相投，聽說他們船上還有空間，我也就決定跟著他們到處走。有了船能走得更遠，從那時開始，不繫之舟就成為我固定搭乘的客船……」

聽到這裡，很多人心裡都想著：不是離家很久準備回家鄉了嗎？又搭上另一艘船，那什麼時候才能回家呢？他家裡都沒人了嗎？這人可真漂泊啊！

有著高大的體型，不繫之舟的四位叔叔們會到不同的地方進行建築工事，東海先生並不是一路都搭船跟著走，他常常在某個地方停駐，直到下一次船繞過來再跟著前行。靠著琴袋上那些光點，船到哪兒他都能知道，當船快到他那兒時，還會有報訊鳥過來通知。

「哪時上船，哪時下船，都很隨興的。就算會在陸地等待超過半年，那又有什麼關係呢？」的確，東海先生的行程永遠不疾不徐，他在招搖山，不也是從冬天等到春天嗎？

八 朝陽谷的彈琴人

儘管東海先生的琴藝已經是很多人難以達到的境界，但他還是覺得自己有相當的不足之處。他能彈出別人心中的喜怒哀樂，也能透過樂音喚起別人的喜怒哀樂；他的琴聲能讓人沉潛，也能讓人飛揚，但他還是不滿意，覺得一定還能更好，一定還有高人能給他一點方向。他四處旅行的原因很簡單——找到更適合的材料製琴，找到更厲害的人切磋琴藝，找到更多人聽他的琴聲，給他讚賞或者批評。搭上不繫之舟，東海先生成了一個四處遊歷的人，他一站又一站的跟著船隊航行，很少特地回故鄉。

「東海先生，您這也太逍遙了吧？旅行不等於玩樂嗎？船上生活所需，要怎麼負擔哪？難不成那幾位大人國的朋友，就是您的親戚？」也只有年紀夠大的車爺爺敢問這個問題。不管耕種自家的田地、到別人家幫忙、到各種舖子裡當學徒，家鄉的人還是認為大家都得靠著工作換取報酬，不然怎麼養家糊口呢？不工作賺不了錢要怎麼付帳呢？總不能靠別人接濟吧？即便東海先生未成家，一個人一張嘴，也得有謀生的本領啊！

看著正聽到興味濃厚的叔叔、伯伯們不斷點頭，我知道他們心裡的疑惑。要是我以前聽到類似的問話，也會點點頭附和，很想知道答案。但我畢竟在招搖山待了三年，師父就是那種不用金錢就能過日子的人。師父看輕身外之物，他自己的田產通通交給爺爺打理，爺爺怎麼運用他也不過問，打理若有盈餘他也不要。他為人看病從不要人家付錢，藥鋪子很大總有休息的地方，遠方來看病的人，想住就住幾天，想離開也不用道別。不過，我知道師父靠什麼維生，他靠的是自己的高明醫術。病好的人送來不同時節的瓜果，付出心力

酉

來幫忙藥鋪子打理屋前屋後，送來衣物、食糧、用品，東西多得能放入冰窖。我在招搖山時，常看到師父把前一家送來的東西，轉贈一些給下一個來藥鋪子的人家。我也跟著不繫之舟東海先生走了大半年，我知道東海先生靠什麼維生。不過，這是長輩們的對話，還是得由東海先生自己說比較好。

「船上生活所需當然是得支付的，只是不像別人付銀兩……」東海先生大方的解釋自己如何「賺錢」。大人國的船隊為著不同的工程在不同的地方停駐，只要船靠岸，東海先生就會找地方停歇，約好幾天後再回到船上。他背著自己的琴到處演奏，路過聽過的人自由打賞，這就是他的花紅。

「只有剛開始時要這麼大費周章，後來熟識的朋友，一知道船隊來了，邀約筵席都排不完了，那都是我的活兒……」東海先生笑著說。

「不過——」東海先生話鋒一轉：「這些都是不固定的入帳，真正的生意是靠著船行流通貨物，南方的鍋碗瓢盆，拿到北方去賣；北方的瓜果甜點，拿到東方去賣……各地都有當地的物產，在地人看著不起眼，然而物以稀為貴，對外邦人來說又是稀奇的事物。我只消在前一個停駐點收集東西，帶往下一個停駐點賣出，這樣就綽綽有餘了。」

「這我懂，我們在市集中的買賣不也如此嗎？我們山中到處都是的椐木，一根根長得就像拐杖一樣，天然生成不用怎麼修剪，頂多看看長度適不適合？木頭的紋路喜不喜歡？這滿山都是的東西，拿到涿光山那一帶可不得了了，人人都搶著要，但沒人會這麼做啊！」

涿光山離我們這裡算近的，大楞子長大之後，被送到那附近當學徒，他現在已經學會很多木工的本事。從我們這裡往南走三百五十里路，大約五六天，就可以到涿光山了。大楞子跟我說，涿光山的木匠各個都有絕活，木料也都相當上等。在那裡有很多棕樹和櫨樹，筆直強韌又帶著清香，是造馬車最好的材料。「用櫨木造的馬車，又輕又穩固，真的難以取代。只是木頭很重，沒辦法搬到別處去……」大楞子的神情就像看到寶藏卻拿不到一樣。「那裡的人能用多少馬車呢？大家都有馬車了，這樹木大概就沒人要了吧？」我當時是這麼問大楞子。只見大楞子露出驚訝的神情：「涿光山常有外地人來呀，他們來到就指定製造馬車，我們的師傅完工後，那輛馬車他們就直接用馬匹拉著走。棕樹、櫨樹是那裡的寶，怎麼可能沒人要呢！」

東海先生點著頭說：「我知道，這兒的椐木雖然輕，一人徒步而行，只能背幾根，一輛馬車也頂多載十幾根，兩地

來回曠日廢時，真要做這樣的生意也是虧本的。我乘船就不同了，五湖四海的奇物都能貨暢其流，就算只賺蠅頭小利，也夠我支付船資所需了。」

東海先生隨口說了幾樣他運送販售過的東西：南山系中有座漆吳山，山上滿地的博石，質地光滑適合打磨，做成的棋子手感很好；西山系中有座女床山，山陰那帶遍地都是

上好的石涅，外型漆黑，可以做成墨條，或是研成細粉加入黏土漆牆，那屋子就多了防火的功能；中山系的幾座山中，都可以找到「砥石」，那一帶的砥石質地非常的細，做成的磨刀石可以磨最珍貴的寶劍；東山系有座高氏山，往土裡掘一尺，就可以挖到「箴石」，那是一種又像石頭又像金屬的寶物，當地人用這石頭製作

細針縫衣……

「這些真的都是當地隨處可見、隨手可得的東西，移往他處就成了寶物了。像高氏山的箴石，只消反覆浸泡過幾次沸水，之後用木槌敲擊，箴石會碎裂成松葉狀，這時再稍加整理，加上針眼，就可以穿針引線了。有了箴石，當地的人哪需要做那種『鐵杵磨成繡花針』的傻事呢！」

東海先生說的每一樣東西都那麼稀奇，連我在招搖山待那麼久也沒聽過，家鄉的人更是聞所未聞。有人讚佩的說著：「我們的鋪子開在村子裡，靠著顧客前來添置物品，賞口飯給我們吃，也只能賺個溫飽；東海先生，您開的是大商鋪啊，有這樣的海上商鋪，全天下都是做生意的地方，這應該忙不完吧？」

聽到這些，東海先生笑著回答：「這哪是『商鋪』呀？

誰見過一兩個月才開張一次的店家呢！我當然不忙，每回大抵夠支付船資，就不特意做什麼買賣了。有時不光是為了籌措船資，全是因為遊歷多處，知道各處不同的物產，也知道各地人們各有不同的難處與苦處。我怎麼能知而不告呢？像是我明知甲地某樣東西，恰好能給乙地所用，又能解乙地居民之苦，我該不該順道幫點忙呢？天下如此之大，此處的疑難問題，排解的方法可能在彼方，只是沒人通報，又有誰知道從他處可取得救藥呢？」

「佩服佩服，我們用升斗小民的心思去度量您做的事情，這真的太不應該了！」

「別這麼說，就只是為兩處互通有無而已。知道解方而不告知，似乎就是見死不救了。我記得曾到一處村落，村子裡鼠患嚴重，已經缺糧兩年，居民苦不堪言，那時船上正好有一批皋（ㄍㄠ）涂山的礜石，皋涂山到處都是這種石頭，當地幾乎是不用錢的。我聽到那石頭的神奇妙用，也是存著好奇之心，花錢買了幾個大木箱子，裝滿了幾箱就當壓艙石用。不知過了幾年，經過那個村莊，聽到村民為鼠患所苦，那幾箱就直接送他們了……」

雖然東海先生說得字字清楚，但看看周圍叔叔伯伯們的表情，卻是滿臉納悶，不過這也難怪。我知道礜石是什麼東西，招搖山上沒有老鼠，是因為師父多年前造訪皋涂山，帶回幾塊，他隨意放置，沒想到老鼠吃了從此絕跡。之後黃山來的大地主羅員外一行人來這裡求助，師父也要他們回鄉時，順道繞到皋涂山，儘量多取一些當地的礜石帶回。我也知道家鄉人們的疑惑，哪裡沒有老鼠呢？養幾隻貓、設幾個捕鼠籠，那老鼠問題不就大致可以控制得住了嗎？真的需要趕盡殺絕嗎？捕抓到的老鼠可以拿來加菜，何況田裡還有各種各樣的蛇呢，不留點老鼠給蛇，蛇不都要闖進雞窩裡了嗎？他們一定是沒搞懂礜石到底是什麼？

「直接送出了嗎？那您真的不是做生意的料子啊！」有人這麼一說，大家都呵呵笑了。不禁讓人想到那句話——君子愛財取之有道，東海先生不愧是「君子國」的人啊！

「您忘了嗎？我念茲在茲的，就是想找天下的高手學琴藝，那才是我跟著船隊出行最重要的目的。為了找到心中嚮往的明師，我常常於船隊前行時繼續待在某地，就背著自己的琴，沒帶多餘長物。」

東海先生終於開始說到他跟沃野的關聯。

有一次，船一路北上，行走了好幾天，海風傳來輕輕的樂音，那聲音非常的細，幾乎聽不見，即便這麼輕，但卻能讓沿岸的海水激起微微的波瀾。之後船隻又航行了半天，船舷前方出現一塊陸地，那風送過來的樂音終於比較清晰了，當下他就決定下船。於是跟大人國船隊的幾個叔叔道別後，就在那個地方上岸。

在陸地上，聲音聽得比較清楚了，高高低低起起伏伏的旋律，有時如同輕聲的嗚咽，一條絲線般的綿延不斷，觸動著心弦；有時如同慷慨激昂的振臂高呼，聲勢壯大像有千軍萬馬。整座山谷都聽得到琴聲，但卻不知道是誰在彈奏。奇怪的是，當他問當地人，到底誰在彈琴？當地的人卻露出狐疑的神情說：「彈琴？我沒聽到呀！」

「我當時豎起耳朵，再次聆聽。那聲音非常清楚，夾在風聲、水聲之中，在種種的聲音之外，一個非常清晰的旋律如同海上的明燈，如同夜空的明月，那麼明顯怎麼沒人聽見呢？一開始我以為答話那個人只是不懂得音律，分不出樂音是什麼，後來我找了很多人問，每一個人都說沒聽見什麼，這讓我真的不能確定自己耳朵所聞了，可那明明是非常清楚的琴聲啊！後來，終於有人說，這裡整天能聽到的就是河水流動的聲音，而河川都發源在朝陽谷，那人說何不向著朝陽谷前行？說不定就能弄明白到底聽到了什麼。」

為什麼別人聽到的是風聲水聲、鳥叫蟲鳴，而只有東海先生聽得到琴聲？這時沒有人知道東海先生說的是怎麼一回事，他接著告訴我們的經歷，更是讓大家無法想像。

「後來我趕了兩天的路去到朝陽谷，一路上越走越興奮，因為越接近那裡，琴聲就越清楚，從白天到晚上，完全沒停止。當我在朝陽谷的正中心，看見兩條江水匯聚奔騰，水似乎隨時會漫上來，聲音環繞周身轟然作響，整個人似乎

要被這聲音帶著飛起。那聲勢如此壯盛，我還是弄不明白，為什麼之前問到的人，通通說聽不見這聲音。」

「東海先生，是不是因為您喜歡彈琴，所以把每種聲音都想成琴聲？既然來到山谷，谷中溪流奔行，您聽到的會不會就是溪水彼此衝擊的聲音？」

「不可能的，我絕對不會聽錯。那是難得的旋律，不是流瀉的水聲。所以，只要找到彈琴的人，就可以解答所有的問題了。我在岸邊搜尋，找不到彈琴的人，甚至找不到那把琴，只好待在朝陽谷，在溪畔等著等著，你們知道我在朝陽谷，聽那樂音聽多久嗎？——足足半個月！我聽得如癡如醉，怎麼也想不透，要多大的琴，才能彈奏出那麼大的聲響？是怎樣的人，才能撥出那種樂音？整個朝陽谷琴聲迴盪，這個人到底是誰？為什麼都不用休息？」

談起這些經歷時，東海先生的神情跟平時很不一樣，他有點激動的說：「我等了半個月，餓了就採山中果子吃，渴了就喝溪水，醒了就跟著彈琴，睡夢中也似乎看到自己正在彈琴。整個朝陽谷碧草如茵，不知名的樹木環繞著溪谷，樹上都是香甜的果實，岸邊有顆平整的大石頭，我就在那裡端坐著彈琴。有一天早晨，溪流突然變得平靜，我終於看到彈琴的人，他在離我不遠處的水中央……」

東海先生又停頓了下來，這下所有的人都等不及了，好幾個人同時問：「那是誰？」

九 初探沃野之濱

「天吳！」

「天吳？」大家都以為聽錯了，是那個傳說中的「天吳」？還是哪位姓「吳」的古琴高手？東海先生繼續說道：「一開始我也以為看錯了，天吳怎麼可能讓人瞧見？不過他的模樣真如同古人所說的，身體像老虎又像馬，有八條尾巴，顏色又青又黃，那黃色像是金黃色的蘆葦，青色則綠得像最深的湖泊。身體之上有八顆頭，分別看向四面八方，長短不一的脖子讓每個頭都能伸縮擺動，河水流動時，那擺動就更優游自在了。當我看到天吳時祂正在彈琴，琴在大江水之中，八隻手或說是八隻腳同時撥動著，一道道流過的激流就是琴弦，那琴弦忽隱忽現，忽大忽小，彈奏出的琴聲千變萬化……」

東海先生瞇著眼睛，彷彿還陶醉在那琴聲中。原來東海先生是聽到水神彈琴啊，那是怎樣的聲音呢？這時，我也想起曾經當成小夥伴的「雙兒」，原本待在藥鋪子那個師父離開後，一直叮嚀著不能打開門的房間裡。有一天祂自己出來了，跟我一起玩耍時，真的只像個和我差不多的孩子。誰知道祂能統御所有的蟄蟲，是平逢山的山神驕蟲！

「原來，您的琴技是水神磨練出來的，難怪……」

世界上還有誰能掌握各種不同的聲音，並且如行雲流水般的演奏？想想除了水神之外，再也沒有什麼更高明的操琴者了！

「是的，在朝陽谷水岸邊跟著水神天吳學琴時，他總是先彈一段，之後我揣摩著彈奏；當我停下來後，他又繼續彈。我彈著彈著，分不出白天還是晚上，完全不知道時間過了多久，也完全沒有疲累飢餓的感覺。那是我最難忘的一段時間，我真希望永遠待在那裡……」

喜愛彈琴的東海先生，想永遠在朝陽谷，這是大家都能理解的事情，但為什麼他念念不忘的不是朝陽谷，而是沃野？

「天吳不休息，我也不休息；祂撥動著江河川流之絃，我就在岸邊撫琴。有一天，天吳突然停下來，四周變得非常安靜，那安靜讓人害怕。這時我赫然發現，原本綠意盎然的河濱，此時已經秋草枯萎，寒風瑟瑟，我的衣衫已經有一層薄霜。周圍的景色怎麼變那麼多，難道我真的彈了那麼久？」

只有真正愛琴的人，才會彈得都忘了時間吧？

「東海先生，您都沒休息呀，我想天吳也是生起疼惜之心，要您打道回府吧！」

「是的，祂的八顆頭，全朝著我看。這時我才注意到，

八張臉孔是不一樣的年紀，從青年到老年，彷彿歲月流轉。八張臉孔八對眼睛，那時都看著我說：『你該離開了！』」

「所以您就離開朝陽谷？」

「我完全不想離開。不過天吳說完，原本一半在水面、一半在水中的他，這時完全沒入水中。我顧不了前面是滔滔江水，就急著踉著水追過去，往河中央急走，想看看天吳到底在哪裡……」

大家驚訝得張大了嘴，哪有人這麼莽撞往河中央衝過去的？朝陽谷既然是兩條江水匯聚之處，那河中央必定深不可測。東海先生又不是一條魚，沉入水中可怎麼得了？

「我往河裡走，一開始琴袋還像浮木一樣支撐了一會兒，後來發現腳已經踩不著地，甚至被湍急的漩渦拉進了水底。我憋住氣想慢慢往上竄，但每往上一寸，又被另一股急流往下拉一尺。剛剛還跟我對望的天吳，現在已無影無蹤。正當我覺得此命休矣時，突然碰到了東西……」

東海先生說水中所見不如陸地清晰，水流夾著氣泡、夾著混濁的泥流，他什麼都看不清。就在他快憋不住氣時，碰觸到了東西，那像是柱子，或者是礁石。他正想如果順著往上，能不能到達水面？就在這時，他突然被一股力量托著，那東西似乎急著向上。當他被帶出水面時，才看到自己正在一棵巨木的枝枒上。

「那棵樹，樹幹就是深深的黑紫色，黑色的花朵還留著蜜汁，奇特的香氣讓人聞得有些頭暈。我完全想不透這棵樹是怎麼出現的，我在朝陽谷待了這麼久，整個河谷有什麼都一清二楚。這棵樹如此巨大，我怎麼可能沒看見！樹似乎是特意托著我往上長，那是從來沒見過的巨木。抬頭仰望看不到樹頂，往下看，剛剛那江河像是一條絲綢緞帶，變得極為渺小，我不知道這裡離地面有多高。突然，一顆黃色的果實掉下，打在我頭上……」

「啊，這棵樹也是突然冒出的？那跟我們在荒漠中看到的一樣！」

「是的，一樣的。那顆打中頭的果實，之後並沒有往下掉，而是落在我的腳邊。我這時才發現樹身實在太大了，樹幹就像條路，我試著踩踏後，順著樹幹走了半個時辰，走到第一個分岔，那分岔連著一條小路，走出小路就是一整片平原，後來我才知道，那就是沃野。」

終於說到沃野了，那是怎樣的地方呢？

「至今，我依舊不能確定第一次到沃野，究竟是真的還是夢境。我一到那個平原，就聽到我想聽的琴聲，果真是天吳正在彈琴，祂看到我，對著我笑一笑，那笑容似乎是說：你還是來了！那裡的人看到我也不驚訝，他們說若是通過『建木』來這裡的人，大抵都是該來的人。」

這棵突然出現在荒漠之中、出現在奔流之上的建木，是一棵通天樹，據說是黃帝親手種植，所以樹也有了神靈般的能力。樹到底有多高，沒有人知道，只知道它直通天庭，天上的神仙可以攀著樹梯往下來到人間，也有人把這當成天梯，沿著樹幹堅持走到最後，到天上跟那些神仙平起平坐。既然是天庭的樹，也如同神仙一樣忽隱忽現、變幻莫測，它可能出現在任何人都想不到的地方，也會瞬間消失。據說當年太吳就是偶然間看到了這棵樹，藉著樹的引導登上了天。

「當地人告訴我『建木』的由來，跟我說既來之則安之，假如離開不了就一直待著吧！我雖然也惦記著跟船隊的約定，但沃野這地方太不可思議了，讓我有些樂不思蜀。」

東海先生告訴我們，沃野的氣候多麼溫和，風吹過來時帶著的暖意讓人多麼的清爽，望向藍天，那藍是多麼的澄淨讓人舒心安適。

「在那平原中，各種不同的野獸鳥類自在的走動著，老虎傍著野兔而行，山雞在獵鷹旁打盹，巨蟒周圍竟然圍繞著一群乳鼠，牠們彼此相依、相安無事，那該有的爭奪殺戮彷彿不存在。天吳彈琴時，數十隻鳳凰就在空中翩翩起舞唱歌，歌聲悠揚，舞姿曼妙。牠們一邊啼鳴一邊振著翅膀，那移動的光影彷彿為四周撒著金粉。我肚子餓時，當地的人用巨大的花瓣盛著甘露，滋味真甜美啊！那裡的鳳凰太多了，巨大的鳳凰蛋成了佳餚。我不是餓了很多天嗎？喝了甘露，食了鳳凰蛋，所有的疲憊都消失了。」

「我們這裡沒出現過鳳凰，要是真有鳳凰，那一定當成稀世珍寶來照顧，沃野之民居然吃鳳凰蛋！」說話的人伴隨著嘆息，不知道是感慨鳳凰在沃野的遭遇，還是覺得太不可思議？

「天天以鳳凰蛋為食，日日聽著美好的琴聲，那真的是人人想待的地方啊！東海先生，您怎麼不直接就留在那裡呢！」

東海先生沒有回答，他轉過頭問王叔：「你們當時怎麼離開那處凹谷？那個發現幽鴳的邊春山？」

「離開？走入那祕境時我們至少還腳踏過巨大的樹幹道路，至於離開就一剎那而已，那些幽鴳衝著我們邊叫邊跑過來，嚇著我們，只得拔腿就跑。彈指之間，就回到黃沙陣裡了。要不是王兄湊巧有一顆忘了吃的桃子，又正巧把整個桃

子都種進了土裡，讓我們現在還能嘗一嘗那裡的桃子，不然那短短的時間，還真像做夢一樣。」柳叔說這些話的時候，似乎還對那經歷感到十分不可思議。

「就如同夢境一樣，我也不記得自己怎麼離開那裡。只記得有一天，當我彈琴時，原本在周圍飛舞

歌唱的鳳凰，突然落在我的琴上，十幾隻全都擠上來，不知怎麼一回事。正當我要驅趕牠們時，那『去去去』的語音未歇，我發現自己既不是在沃野，也不是在朝陽谷，我已經身在濱海，按照約定時地等著船隊前來……」

「之後，我一直想再去沃野一探究

竟。後來，我們的船隊湊巧避開了當地人安置的蠃魚和夔牛，真的踏上沃野之濱，看到那鳳凰鳥自歌自舞，接受招待吃了鳳凰蛋，我才知道一切都是真的。」

我們誰也沒去過沃野、嗟丘、朝陽谷……那琴袋上的很多地方，那些東海先生說過的地點，都讓人好奇而嚮往。他已經有了萬里之行，為什麼要來我們虢山？比起外面的世界，虢山就是座小山，就只是個小地方。

「東海先生，您可能要失望了。我們虢山從來沒見過鳳凰，您應該待在嗟丘或者沃野，我們這裡可能沒有您要尋找的東西。」車爺爺說。

當車爺爺說完，外頭傳來一聲清楚的啼鳴，雖然聲音聽起來非常的遙遠，這次所有的人都聽見了。

東海先生微笑的說：「這不就是了嗎？這是鳳凰鳴。鳳凰是一種最懂得『擇良木而棲』的靈鳥，天吳在朝陽谷彈的琴，是整條大川，但祂到了沃野所彈奏的琴，就是一般的桐木古琴。我那時真的彈過祂的琴，也聽到祂說那把琴用的是鳳凰棲息過的桐木。這麼多年來，我一直忘不了觸摸琴身時那特別的感覺。」

「我們虢山是有滿山的桐木沒錯，只是那特別的鳥鳴真的是鳳凰嗎？我們這裡的人都沒人見過呀！」

東海先生沒有立刻回答，他的眼神在屋子裡搜尋，似乎在找什麼。那時我正在轉角的小房間裡，整理大家帶來的東西。天氣漸漸變冷了，東海先生還堅持自己住在這間桐樹林間的小屋，很多人送來冬日暖爐燒火用的柴薪，就是擔心讓客人受冷受凍。我一抬頭，跟東海先生對了一眼，他接著說：「我知道這裡有，很多年前，我在大樂之野為當地人彈

奏九代舞的配樂，那時遇到小難的師父——南山先生，他說他在家鄉曾見過鳳凰。」

大樂之野又是哪裡？九代舞是什麼樣的舞？師父和東海先生是在那次結識並且成為好朋友的嗎？沒有人多問，我也就安靜的聽著，一邊將最後一把木柴放置在柴堆的正上方。

也許，所有的問題，最後都能知道答案吧？

十　冬來報訊鳥

今年的冬天來得比往年早，立冬開始天氣急速變冷，還沒到冬至，第一片雪花就飄落在虢山的山徑，等到往年開始下雪的節氣小雪時，虢山就已經是白茫茫的一片了。原本還偶爾會問東海先生哪時準備啟程的村民，開始不問這個問題了，虢山周圍的水域，冬天冰封無法行船，這時問客人的行程，似乎有欠周到，不太禮貌。

東海先生在虢山待了快半年，他依然很少下山，依然整天彈琴，依然願意說一說不繫之舟到哪兒了。那些地方對家鄉的人來說，依然全都是謎一樣。

東海先生說得太玄奇，但當他指著琴袋上某個點，之後為大家娓娓道來，聽過的人又只能相信他說的全都是真的，那些地方就是真有這些奇人奇事。

例如，有一處是白民國，那裡的人全身披著白毛，看起來尊貴得像天上來的使者。他們不愛騎牛騎馬，騎的是當地的神獸——乘黃，乘黃頭上長著角，看起來就像隻狐狸。白民國的人都愛騎乘黃，他們相信這種座騎能讓自己長壽，當地人的確壽命很長，活兩三千歲都沒問題。壽命這麼長好不好呢？是不是所有的事情都因此可以慢慢的進行？白民國的人可不這麼想。他們珍惜別人對自己的評價，壽命越長，會被評價的時間就越長，若是做出傷德敗壞的事情，那不是得被議論得更久？假如跟他們深交，會發現他們做事真誠謹慎，就是為了留住自己的好名聲。

有一處是無腸國，這個國家的人各個高大俊美，他們的腸子只有一小段，所有的食物吃進嘴裡，一下子就從肚子裡跑出來。在那裡受邀作客，外地人一定不習慣。因為食物在肚子裡停留的時間太短了，無腸國的人會收集排遺，留著下一餐再吃一次。他們會這樣反覆的食用，讓食物發揮最大的效用。只有真的不打算再吃，才會把排遺留給家中飼養的犬隻。那些有錢人家裡總是吃最新鮮的食物，他們的排遺不是給自家的僕傭，就是拿出去販賣。市集的小吃攤上光明正大的掛著牌子，上頭寫著：「趙府新收、李府新收、王爺府新收……」當地人一看就知道這東西從哪個大戶人家來的。即使是排遺做的食物，端出來擺盤擺好，看起來依然美味，當地人這麼吃不覺得奇怪，外地人就很難入境隨俗了。

離無腸國不遠的另一個國家，叫做聶耳國，這裡的人長得跟一般人沒什麼不同，唯一的差別就是耳朵特別的長，大大的耳垂尤其厚實。他們的長耳朵從出生開始就超過肩膀，年齡越大越長，路上到處可以看到長耳朵垂到胸前、腰腹甚至垂到腳踝的人。長耳朵沒什麼作用，因為耳廓是順勢往下長，不像兔子的耳朵豎起來還能接收聲音，聶耳國的人沒有因為大耳朵聽得更清楚，反而深受其害。他們常常得用手把耳洞掰開，這樣才能聽清楚對方正在說什麼。長耳朵甚至不太方便，走路時會左右晃動，走太快還會揮到別人。所以當地的人總是拉著自己的耳朵走路，一來避免傷害旁人，二來也避免自己被絆倒。聶耳國的人最討厭冬天，冰天雪地時耳朵常常受凍。別處的人帶著毛帽，他們的毛帽多兩根長長的「耳套」，外出時除了穿戴帽子，還要為耳朵加上耳套，就像穿褲子一樣。天冷，非得這麼套好才能出門。

隨著不繫之舟的移動，東海先生一一說著各地奇特的人們。我想的是，這些國家的居民生活習慣跟我們這麼不一樣，他們到底需要大人國那些叔叔們幫忙做什麼工事呢？

整個虢山的人，都在幫東海先生找那棵鳳凰棲息過的桐木，但天氣變冷之後，原本偶爾聽得見的鳳凰啼鳴漸漸減少了。冰雪天之後，那些以前每到月光皎潔時就往山上跑的人，大多也待在家裡，很少特意出門。但我們家人總覺得東海先生是我帶回來的客人，無論天候如何，都得每隔幾天去探訪，送點東西過去，幫忙打理些什麼。

第一個下雪天時，我問東海先生：「天氣越來越冷，您要不要下山跟我們住在一起呢？」

東海先生笑著說不用，他還說自己跟天吳學琴那段時間，似乎練就了不畏嚴寒、不畏酷暑的本事。他還拉了拉自己身上的薄衫說：「穿這樣就很暖了，我是不怕冷的。」那天我穿了三件衣服才覺得暖和，東海先生卻完全沒事似的。

有一天，我送東西上山時，空氣中有種淡淡的甜、淡淡的芬芳清香，那是走在桐木林才能聞到的氣味，可我還沒走到林中小屋呢！突然，一道彩虹般的光影掠過，朝著小屋的方向飛去。定睛一看，難道是鳳凰嗎？

牠那拖長的尾翼掃到我，與此同時，一小段如同線軸般的木頭落地，似乎是從鳳凰嘴上掉下來的。我撿起來聞了聞，確定這是桐木。看來，鳳凰也許就是棲息在小屋附近的桐木林。

「這段，會不會是東海先生要的木頭呢？」我想等一會兒就把木頭送給東海先生，但很快的就打消了念頭。東海先生要大家幫忙找的是「一棵樹」，我只有這麼小段的木料兒，就算弄對了，也不知道是哪棵樹，這樣算幫了忙嗎？還是讓找不到桐木的他更失望呢？

我在小屋幫東海先生稍作整理之後打算離開，這時一群小個頭的鳥兒飛來，綠色、藍色的羽毛，一來到就站在外頭的樹上。冬天落葉之後，樹木只剩下了枯枝，現在這一大群青綠色的鳥兒站在上頭，彷彿葉子又通通長回來。

「東海先生，您的報訊鳥來了？」

「是啊，已經三、四天了，一開始只有兩隻飛來，後來越來越多，我的船要來了。」

「只是……」

我想得很多，天氣變冷，沿岸冰封，不繫之舟怎靠岸？剛冰封的海水，並不適合踏冰前行，船若不能靠岸，東海先生要怎麼上船呢？但我還是沒多問，我想的是，或許等不繫之舟的叔叔們來到之後，他們也會在虢山待一陣子，況且再沒多久就要過年了，大家一定會好好招待這批遠方來客。

當我要離開時，「框啷」一聲，原本隨意放在袖袋裡的那段木頭掉了下來，落地後發出清脆響亮的聲音。

「這是什麼？」

「剛剛撿到的。」

「哪裡撿到的？」東海先生已經拿起小木段兒細細端詳。

「剛剛……有隻彩色大鳥飛過，沒看清楚是什麼鳥，應該是從那鳥嘴上掉下來的。」我只好照實說。

東海先生看了又看，眼睛閃著光亮，露出從來沒有的驚喜。

「鳥兒棲息在哪棵樹上？」

「我不知道，也沒看清楚，牠一下子就從我眼前飛走了。」

「牠往哪裡飛？」

「牠往……牠就往小屋後面那片桐木林飛，但我不確定那是不是鳳凰呀！」

我這麼說完後，東海先生喃喃自語著：「離這裡這麼近呀……我怎麼之前都沒發現呢？」

自從來到虢山，東海先生一有空就往山上走，他想找到那棵尋覓已久的樹。小屋後面的桐木林，沒有幾千棵也有幾百棵，東海先生不可能每一棵都檢視過。其實整座虢山都是桐木，我們以為只要樹身夠大、樹幹筆直就是好的製琴材料，聽到東海先生只是要一段桐木段，都覺得這應該幾天就能解決。所以，一開始有很多人都幫忙找，但每一段木頭都不是東海先生要的。這樣過了好幾個月，原本興沖沖扛著木頭段兒到山上的人變少了，大家深信自己熟悉的虢山，不可能有那棵稀有桐木。

我看遍小屋的每一扇窗，把窗戶關得密實，檢查屋子裡的食糧和飲水，確定夠東海先生過好幾天。準備離開時，外頭開始飄起雪，我得趕緊走了。方才上山時，已經順手清掉石階上的積雪，不快下山，等等雪堆積起來，又得再清一次。

我跟東海先生說：「剛上來的時候，往山下看幾戶人家的炊煙，都是筆直上天，天空泛著彤色的光。爺爺叮囑說這幾天可能會下大雪，您要把門窗關緊，等雪停之後，我再請人幫忙找一找您需要的桐木。」

東海先生點了點頭。

我在天色完全暗下前離開，幸好盡快下了山，因為入夜後真的下起今年第一場暴雪。狂風暴雪整整三天三夜，天空都是陰暗的，沒有人外出。

第四天一大清早，雪停了，天開了，雲來了。陽光遍灑著大地，雖然還冷颼颼的，但大家終於敢出門了。村莊的道路上，有不少人在清理積雪，互相詢問是否有什麼損失，又用那曾聽過的俗諺彼此打氣著：「大雪紛紛是豐年。」「冬有三天雪，人道十年豐。」「今冬大雪落得早，定主來年收成好。」「號山冬天總會下場大雪，大雪多少總有些損失，就當作上天要人們付出一些什麼吧，況且今年這場大雪也夠大了，上天要收回的東西應該也夠多了吧！大家寧願相信這些流傳已久的諺語，為自己找一點好兆頭。

一位在市集商鋪幫忙的大哥哥奔過來說：「有船靠近，我看到白色的船帆，是東海先生的船嗎？」大哥哥平時在商鋪幫忙，也會幫忙送貨，他說自己騎驢過小山時，從小山往

大海望去，看到一艘船。看不出船到底多大，但能隱約看到上頭的三面帆。

「東海先生的船隊來了？怎麼這個時間來呢？」

「大雪遍地，東海先生真的要這個時候離開？」

「船怎麼靠岸啊？哪一處的岸邊還沒結冰呢？」

一陣紛亂後，大家才

想起，桐木林小屋在山的另一面，看不見靠海這一面的動靜，東海先生可能根本不知道船隊要到了。

「東海先生知道嗎？得有人通知他。」

「小雞，你上山去吧，不管是要離開，還是要留住朋友在我們這裡歇息幾天，都得告訴他。」

我點了點頭，回家又帶了幾個娘剛做好的饅頭，就趕上山去。

三天的大雪，台階上的冰雪凍得結實，這時快走很容易滑倒。還好我隨手帶著小木槌，一邊走一邊清理。天氣真的太好了，藍天、白雲、和風，誰能想到在這之前的三天，那天氣是怎麼樣的淒楚。快接近小屋時，我還想著：「咦？怎麼東海先生沒彈琴了呢？難道天氣太好，他已經外出了嗎？」

好不容易來到桐木林小屋，門關著，我在外頭喊了幾聲：「東海先生！東海先生，我來了！」都沒人應答。

我推開門，走進屋子裡繞了一圈看看，幾扇我幾天前關緊的窗戶都保持著原狀，櫥子裡放著的食物都還在。水缸裡的水半滿，柴堆裡的柴薪沒有用掉太多，看起來東海先生真的不怎麼怕冷。東海先生不在屋子裡，他可能迫不及待想去找那棵樹了吧？我想往屋外的桐木林走去，卻總覺得屋子裡有點不同，但說不出是哪裡不一樣。

要關門時，我突然想起——

之前有幾次來這小屋，東海先生恰好不在，屋子裡都還有個擺設，讓我知道東海先生等等就會回來。而現在，那面一直掛在大廳中的琴袋呢？那面可以看到不繫之舟行蹤的「船帆」呢？東海先生到哪裡去了？他為什麼把琴帶走？他離開了嗎？我心中充滿問號。

屋外傳來熱鬧的鳥叫聲，我慌張的衝向外頭。大批的報訊鳥停在屋前那棵樹上，陽光下每隻鳥兒的羽毛閃著青綠色的光，牠們是來提醒船快靠岸了，該開始準備上船了。只是，東海先生去哪裡了？

屋外是一個小坡，小坡從路邊開始就是桐木，我跑了一小段，一遍遍的大聲的喊著：「東海先生——東海先生——」

喊了半天沒有回應，沒有琴聲，只有我自己的聲音，在桐木林間迴盪。

山海經裡的故事5：
東海先生的萬里行蹤

文｜鄒敦怜
圖｜羅方君
美術設計｜劉蔚君
特約編輯｜歐秉瑾

企劃主編｜周彥彤
叢書編輯｜戴岑翰
副總編輯｜陳逸華
總 編 輯｜涂豐恩
總 經 理｜陳芝宇
社　　長｜羅國俊
發 行 人｜林載爵

聯經出版事業股份有限公司
地　　址｜新北市汐止區大同路一段369號1樓
電　　話｜(02)86925588轉5312
聯經網址｜www.linkingbooks.com.tw
電子信箱｜linking@udngroup.com
印　　刷｜文聯彩色製版印刷公司印製

初　　版｜2024年1月初版
定　　價｜360元
書　　號｜1100775
I S B N｜978-957-08-7264-4

行政院新聞局出版事業登記證局版臺業字第0130號

國家圖書館出版品預行編目資料

山海經裡的故事5：東海先生的萬里行蹤／鄒敦怜著；羅方君繪．-- 初版．-- 新北市：聯經出版事業股份有限公司，2024.01
208面；17×21公分
ISBN 978-957-08-7264-4(平裝)

1.CST：山海經
2.CST：歷史故事

857.21　　113000061